Le colonel Chabert

Honoré de Balzac

Le colonel Chabert

Éditions J'ai lu

Honoré de Balzac
le forçat des lettres

Le 20 mai 1799, naît à Tours Honoré, second fils de Bernard-François Balzac, fournisseur des armées, et de Laure Sallambier, sa femme, de trente-deux ans plus jeune que lui. L'aîné des enfants n'a pas vécu. Honoré est immédiatement mis en nourrice, où sa sœur Laure va le rejoindre deux ans plus tard. Mme Balzac, de nature froide, ne semble guère souffrir de cette séparation. Honoré aura une autre sœur, Laurence, et un demifrère, Henry, fruit d'une liaison de Mme Balzac avec Jean de Margonne, propriétaire du château de Saché où Honoré, plus tard, effectuera de nombreuses retraites studieuses.

L'enfance d'Honoré n'est pas heureuse : il grandit loin des siens, en pension, à Tours puis à Vendôme, et lorsque enfin il revient dans sa famille, à l'âge de quatorze ans, il constate la préférence marquée de

Portraits de Laure Sallambier, la mère de Balzac, et de Bernard-François Balzac. Autodidacte, celui-ci avait la manie d'écrire et publia plusieurs brochures fantaisistes, à prétention philosophique.

(Documents Roger Viollet)

sa mère pour Henry, l'enfant de l'amour. Sans doute sa détresse a-t-elle engendré cette soif de gloire et de richesse compensatrices qui l'entraînera plus tard sur les sentiers de la création.

Débuts parisiens

En 1814, M. Balzac est nommé directeur des Vivres à Paris et la famille s'installe dans le quartier du Marais. Honoré commence des études de droit et, en même temps, travaille comme clerc chez un notaire. Ces années d'apprentissage s'avéreront fructueuses, car dans l'étude se jouent mille drames familiaux, mille *comédies humaines*, qui viendront nourrir son œuvre.

L'atmosphère familiale est, à cette époque, plutôt gaie et chaleureuse, et l'enfant mélancolique se transforme en jeune homme insouciant et débordant de vitalité. Le travail de clerc lui semble peu en rapport avec ses ambitions : il a décidé de devenir écrivain et s'essaie à des écrits philosophiques.

En 1819, M. Balzac est mis à la retraite. La famille quitte alors Paris pour Villeparisis où la vie est moins chère. Honoré obtient qu'on lui loue une mansarde près du Luxembourg, où il pourra faire ses débuts en littérature. Mais il est encore trop tôt : ses tragédies sont un échec. La mansarde étant peu confortable, il rejoint sa famille à Villeparisis à l'automne 1820.

Premiers romans

Honoré n'est pas découragé pour autant. Il a rencontré une bande de jeunes littérateurs peu scrupuleux, qui fabriquent en série, et éventuellement collectivement, des romans sentimentaux. Production médiocre sans doute, mais qui se vend facilement aux libraires-éditeurs du Palais-Royal ou du Marais. Honoré voit la fortune à sa porte et échafaude les rêves les plus fous ; déjà s'annonce l'engrenage infernal du besoin de gagner de l'argent rapidement et du travail précipité. En 1822 paraît *L'Héritière de Birague*, écrit avec Lepoitevin et signé de deux pseudonymes. C'est, selon Balzac lui-même, une « cochonnerie » mais il faut bien commencer par quelque chose. Les chefs-d'œuvre viendront plus tard. Il lui faudra encore une dizaine d'essais de cet acabit, publiés sous divers pseudonymes (Lord R'Hoone, A. de Villerglé, Horace de Saint-Aubin), avant de parvenir à un véritable roman signé de son véritable nom. Ce sera *Les Chouans*, en 1829.

Balzac imprimeur

Cette aventure est tout à fait caractéristique des spéculations balzaciennes. Tout au long de sa vie, Honoré, qui rêve d'une fortune rapide, se lancera dans des entreprises dont il sortira

(Document Roger Viollet)

Balzac jeune, d'après un pastel de Deveria.

plus endetté encore qu'auparavant, et ayant le plus souvent entraîné ses proches ou quelques comparses crédules dans sa ruine.

En 1826, poussé par sa famille, Balzac emprunte l'argent nécessaire au rachat d'une petite imprimerie située rue Visconti. L'affaire doit être fabuleuse : il a l'intention de rééditer les classiques sur un papier très fin, en un ou deux volumes. Cette idée révolutionnaire (qui sera reprise par d'autres) doit lui rapporter des millions. Malheureusement, un an plus tard c'est la faillite. L'affaire est mise en liquidation et Balzac se retrouve devoir 45 000 F à sa mère, somme énorme pour l'époque et pour des gens de situation modeste.

Cette dette, il la traînera toute sa vie. Mais elle ne sera pas seule responsable des éternels problèmes financiers qui le

*La maison de Balzac,
1, rue Cassini.*

pousseront à écrire, à produire sans relâche, jusqu'à en mourir d'épuisement. De fait, l'argent lui file entre les doigts sitôt gagné — ou emprunté. D'abord parce qu'il aime le luxe (beaux meubles, vêtements coûteux, soupers fins), ensuite parce qu'il vit dans l'instant, ou dans le rêve.

L'écrivain

L'imprimeur ayant échoué, il reste à l'écrivain à faire ses preuves. Grâce à l'aide de son beau-frère, Balzac a pu louer un appartement rue Cassini, qu'il s'empresse de décorer avec ce goût ostentatoire qui fait ricaner ceux qui envient son talent. Le succès des *Chouans*, première pierre de *La Comédie humaine*, est médiocre, mais les lecteurs, peu nombreux, sont de qualité et le jeune auteur accède à un autre monde. Reçu dans les salons mondains, il fréquente les jeunes romantiques : Delacroix, Ary Scheffer, David d'Angers, Victor Hugo, Musset, Vigny, Mérimée. Il plaît aux femmes, malgré sa courte taille, ses traits épais et l'embonpoint qui se manifeste déjà. Sa vitalité, son intelligence et sa verve compensent ce physique ingrat et son allure de commis voyageur. Par inclination, il choisit plutôt des femmes nettement plus âgées que lui, qui jouent à ses côtés le rôle de tendre éducatrice que sa mère n'a pas su tenir. Laure de Berny a vingt-deux ans de plus que lui et la duchesse d'Abrantès quinze. Malgré la différence d'âge, les sentiments qu'il éprouve pour ces deux femmes sont authentiques. Ce qui ne l'empêche pas d'avoir d'autres bonnes fortunes... et de travailler ! A partir de 1831, il collabore à plusieurs périodiques du groupe de presse d'Emile de Girardin qu'il alimente en articles et nouvelles, à un rythme hallucinant. Ses besoins sont de plus en plus grands et ses créanciers de plus en plus nombreux : plus il gagne d'argent et plus il en doit. Mais sans doute a-t-il besoin de cette pression pour écrire. Le miracle est plutôt qu'il ait pu, dans ces conditions, écrire des œuvres d'une telle qualité et en telle quantité. Entre 1830 et 1834, il écrit de

Laure de Berny, la Dilecta.
(Document Roger Viollet)

La duchesse d'Abrantès,
dont Balzac rédigea
les Mémoires. (D.R.)

Zulma Carraud,
amie et confidente de Balzac.
(Document Roger Viollet)

huit à quinze romans par an !
Sa puissance de travail est
effrayante. Il passe des nuits
entières à écrire, dort quelques
heures, avale force café, et
après quelques mondanités,
retourne à son travail. Lorsqu'il émerge, l'œuvre terminée,
il prend une diligence et part se
reposer chez des amis, à Saché
chez M. de Margonne, près de
Nemours chez Mme de Berny
ou à Angoulême chez les Carraud. Mais après quelques
jours d'inaction, repris par son
démon, il attaque le plan d'une
autre nouvelle ou d'un autre
roman.

Portrait de Mme Hanska,
l'Etrangère. *(Document Roger Viollet)*

« *J'ai su
bien des choses,
et des choses
si tristes
à savoir, que
le dégoût de ce
monde m'a pris
au cœur.* »

(Lettres à l'Étrangère.)

L'Etrangère

Sa vie semble désormais se confondre avec son œuvre. Mais en 1832, il reçoit une lettre d'une admiratrice, qui signe *L'Etrangère*. Intrigué, il répond. Ainsi commence une nouvelle et surprenante liaison. Sa correspondante est la comtesse Eveline Hanska. Elle est mariée et vit en Pologne. Balzac la rencontre une première fois à Neufchâtel, en septembre 1835. Ils ne deviendront amants que l'année suivante, lors d'un nouveau rendez-vous à Genève. Cette aventure va durer plus de quinze ans, jalonnés d'innombrables lettres et de rencontres trop brèves dans toute l'Europe. Balzac est éperdument amoureux, mais il faut attendre la disparition du comte Hanski (elle ne surviendra qu'en 1842).

D'autres femmes le feront patienter. Le plus étrange est que certaines de ces maîtresses sont des personnages autrement plus intéressants que cette Etrangère, qui apparaît, à travers ses lettres, conventionnelle, égoïste et sans grande intelligence. Ainsi l'excentrique comtesse Guidoboni-Visconti, qui aidera Balzac à plusieurs reprises dans ses déboires financiers, et dont il aura un fils naturel, ou la charmante Caroline Marbouty qui l'accompagne en Italie en 1836, travestie en jeune garçon... Sans doute est-ce à l'éloignement et au prestige social de Mme Hanska qu'il faut attribuer la durée de cet amour impossible, qui finira pourtant par un mariage.

La Comédie humaine

Après plusieurs années de production intense, marquée par des œuvres célèbres comme *La Maison du Chat-qui-pelote, Eugénie Grandet, Le Médecin de campagne, La Recherche de l'absolu*, Balzac sent la nécessité de donner une articulation logique à son travail. 1834 est une année charnière, puisqu'il écrit *Le Père Goriot* qui va lui assurer une célébrité européenne, et qu'il conçoit la refonte de tous ses romans dans un gigantesque ensemble, dont il ne trouvera le titre qu'en 1841 : *La Comédie humaine.*

Au départ Balzac n'espérait guère plus que donner un tableau pittoresque de la France du XIXᵉ siècle. Mais les travaux de Geoffroy Saint-Hilaire sur les espèces zoologiques vont donner plus d'envergure à son projet. Pour le naturaliste en effet, toutes les espèces animales dérivent d'une seule, qui s'est modifiée sous la double pression du milieu et des nécessités vitales. Balzac reprend cette idée à son compte, en transposant la notion d'espèces zoologiques en espèces sociales. D'où la

M. DE BALZAC.

La famille Balzac aimait la noblesse, aussi s'adjoignit-elle avec désinvolture une particule à laquelle elle ne pouvait nullement prétendre.
(Document Roger Viollet)

« *Je suis un galérien de plume et d'encre, un vrai marchand d'idées.* »
(*Correspondance.*)

conception de séries roma-
nesques ordonnées : chaque
roman devient un chapitre et
le regroupement des chapitres
d'une même nature va former
une section de son histoire
naturelle de la société.

Balzac peut ainsi faire le
plan de son œuvre future et
vendre à ses éditeurs des
romans qui n'existent pas
encore. Ayant dépensé l'argent dans des entreprises de
presse sans avenir (rachat de
la *Chronique de Paris* en
1836 ou de la *Revue parisienne* en 1840) ou des spéculations immobilières ruineu-
ses (Les Jardies à Ville-
d'Avray, puis l'hôtel de la
rue Fortunée), il est contraint
d'écrire en quelques semaines
les œuvres manquantes. Dans
cette perspective, l'idée de
reprendre des personnages
d'un roman sur l'autre est
simplement une économie de
moyens.

Les dernières années

Cette entreprise colossale et
unique en son genre va absor-
ber son auteur pendant douze
ans et restera inachevée. La
santé de Balzac se détériore
progressivement : il souffre de
troubles cardiaques de plus en
plus graves. Mais son amour
pour Mme Hanska lui permet
de continuer son écrasant
labeur. En 1843, il va retrouver la belle Polonaise, devenue
veuve, à Saint-Pétersbourg.
Deux ans plus tard, ils se rencontrent à Dresde et font
ensemble un voyage en Italie.
En 1847, c'est elle qui vient à
Paris, et ils repartent ensemble
en Ukraine. Balzac passe
l'hiver dans le château de Mme
Hanska, à Wierzchownia.
Lorsqu'il rentre à Paris, il se
consacre au théâtre où il essuie
des échecs successifs.

*Le château de Wierzchownia. « J'aperçus une espèce de Louvre,
de temple grec doré par le soleil couchant. » (Correspondance.)*
(Document Roger Viollet).

La Comédie humaine est abandonnée. Il n'a plus qu'une idée en tête : épouser Mme Hanska ; mais elle hésite. Il passe l'année 1849 près d'elle, en Ukraine, et finit par obtenir la victoire. Elle l'épouse le 14 mars 1850. Mais il est alors très malade. M. et Mme Balzac rentrent à Paris un mois plus tard et s'installent rue Fortunée, dans l'hôtel que Balzac a acheté quatre ans plus tôt et qu'il a fait luxueusement aménager pour sa bien-aimée. Ils n'en profiteront guère : Balzac s'alite aussitôt et son état empire rapidement. Le 18 août, il reçoit la visite de Victor Hugo, qu'il ne reconnaît pas. Il mourra quelques heures plus tard. C'est Victor Hugo qui prononcera son éloge funèbre au cimetière du Père-Lachaise, le 21 août.

« *Les grands événements de ma vie sont mes œuvres.* »

L'hôtel de la rue Fortunée, aujourd'hui disparu.
(Document Roger Viollet.)

Balzac s'explique
sur La Comédie humaine

Lettre à Mme Hanska - 1834

Je crois qu'en 1838 les trois parties de cette œuvre gigantesque seront, sinon parachevées, du moins superposées, et qu'on pourra juger de la masse.

Les *Études de mœurs* représenteront tous les effets sociaux, sans que ni une situation de la vie, ni une physionomie, ni un caractère d'homme ou de femme, ni une manière de vivre, ni une profession, ni une zone sociale, ni un pays français, ni quoi que ce soit de l'enfance, de la vieillesse, de l'âge mûr, de la politique, de la justice, de la guerre, ait été oublié.

Cela posé, l'histoire du cœur humain tracée fil à fil, l'histoire sociale faite dans toutes ses parties, voilà la base. Ce ne seront pas des faits imaginaires ; ce sera ce qui se passe partout.

Alors la seconde assise est les *Études philosophiques* car, après les *effets*, viendront les *causes*. Je vous aurai peint, dans les *Études de mœurs*, les sentiments et leur jeu, la vie et son allure. Dans les *Études philosophiques*, je dirai pourquoi *les sentiments, sur quoi la vie* ; quelle est la partie, quelles sont les conditions au-delà desquelles ni la société ni l'homme n'existent ; et après l'avoir parcourue (la société) pour la décrire, je la parcourerai (*sic*) pour la juger. Aussi, dans les *Études de mœurs*, sont les *individualités* typisées : dans les *Études philosophiques* sont les *types* individualisés. Ainsi, partout j'aurai donné la vie : au type, en l'individualisant ; à l'individu, en le typisant. J'aurai donné de la pensée au fragment ; j'aurai donné à la pensée la vie de l'individu.

Puis, après les *effets* et les *causes*, viendront les *Études analytiques*, dont fait partie la *Physiologie du mariage*, car, après les *effets* et les *causes*, doivent se rechercher les *principes*. Les *mœurs* sont le spectacle, les *causes* sont les coulisses et les machines. Les *principes*, c'est l'auteur ; mais, à mesure que l'œuvre gagne en spirale les hauteurs de la pensée, elle se resserre et se condense. S'il faut vingt-quatre volumes pour les *Études de mœurs*, il n'en faudra que quinze pour les *Études philo-*

> ... *Lui le personnage le plus curieux, le plus cocasse, le plus intéressant et le plus vaniteux de la Comédie humaine...*
> (Baudelaire.)

Caricature par Nadar.
(Document Roger Viollet.)

sophiques ; il n'en faut que neuf pour les *Études analytiques*. Ainsi, l'homme, la société, l'humanité seront décrits, jugés, analysés sans répétitions et dans une œuvre qui sera comme les *Mille et Une Nuits* de l'Occident.

Quand tout sera fini, ma *Madeleine* grattée, mon fronton sculpté, mes planches débarrassées, les derniers coups de peigne donnés, j'aurai eu raison ou j'aurai eu tort. Mais après avoir fait la poésie, la démonstration de tout système, j'en ferai la science dans l'*Essai sur les forces humaines*. Et, sur les bases de ce palais, moi enfant et rieur, j'aurai tracé l'immense arabesque des *Cent Contes drolatiques...*

De Balzac

Cette mauvaise langue de Baudelaire...

Comment on paie ses dettes quand on a du génie

L'anecdote suivante m'a été contée avec prière de n'en parler à personne ; c'est pour cela que je veux la raconter à tout le monde.

...Il était triste, à en juger par ses sourcils froncés, sa large bouche moins distendue et moins lippue qu'à l'ordinaire, et la manière entrecoupée de brusques pauses dont il arpentait le double passage de l'Opéra. Il était triste...

[Suit un portrait charge où il est impossible de ne pas reconnaître Balzac.]

...L'illustre auteur de la *Théorie de la lettre de change* avait le lendemain un billet de douze cents francs à payer, et la soirée était fort avancée.

En ces sortes de cas, il arrive parfois que, pressé, accablé, pétri, écrasé sous le piston de la nécessité, l'esprit s'élance subitement hors de sa passion par un jet inattendu et victorieux.

C'est ce qui arriva probablement au grand romancier. Car un sourire succéda sur sa bouche à la contraction qui en affligeait les lignes orgueilleuses ; son œil se redressa, et notre homme, calme et rassis, s'achemina vers la rue Richelieu d'un pas sublime et cadencé.

Il monta dans une maison où un commerçant riche et prospérant alors se délassait des travaux de la journée au coin du feu et du thé ; il fut reçu avec tous les honneurs dus à son nom, et au bout de quelques minutes exposa en ces mots l'objet de sa visite :

« Voulez-vous avoir après-demain, dans *le Siècle* et *les Débats*, deux grands articles *Variétés* sur *les Français peints par eux-mêmes*, deux grands articles de moi et signés de mon nom ? Il me faut quinze cents francs. C'est pour vous une affaire d'or. »

Il paraît que l'éditeur, différent en cela de ses confrères, trouva le raisonnement raisonnable, car le marché fut conclu immédiatement. Celui-ci, se ravisant, insista pour que les quinze cents francs fussent livrés sur l'apparition du premier article ; puis il retourna paisiblement vers le passage de l'Opéra.

Au bout de quelques minutes, il avisa un petit jeune homme (1) à la physionomie hargneuse et spirituelle, qui lui avait fait naguère une ébouriffante préface pour la *Grandeur et décadence de César Birotteau*, et qui était déjà connu dans le journalisme pour sa verve bouffonne et quasi impie ; le piétisme ne lui avait pas encore rogné les griffes, et les feuilles bigotes ouvert leurs bienheureux éteignoirs.

« Edouard, voulez-vous avoir demain 150 francs ? — Fichtre ! — Eh bien ! venez prendre du café. »

Le jeune homme but une tasse de café, dont sa petite organisation méridionale fut tout d'abord enfiévrée.

« Edouard, il me faut demain matin trois grandes colonnes *Variétés* sur *les Français peints par eux-mêmes* ; ce matin, entendez-vous, et de grand matin ; car l'article entier doit être recopié de ma main et signé de mon nom ; cela est fort important. »

Le grand homme prononça ces mots avec cette emphase admirable, et ce ton superbe, dont il dit parfois à un ami qu'il ne peut pas recevoir : « Mille pardons, mon cher, de vous laisser à la porte ; je suis en tête à tête avec une princesse, dont l'honneur est à ma disposition, et vous comprendrez... »

Edouard lui donna une poignée de main, comme à un bienfaiteur, et courut à la besogne.

Le grand romancier commanda son second article rue de Navarin (2).

Le premier article parut le surlendemain dans *le Siècle*. Chose bizarre, il n'était signé ni du petit homme ni du grand homme, mais d'un troisième nom bien connu dans la Bohème d'alors (3) pour ses amours de matous et d'Opéra-Comique.

Le second ami était, et est encore, gros, paresseux et lymphatique ; de plus, il n'a pas d'idées et ne sait qu'enfiler et perler des mots en manière de colliers d'Osages, et, comme il est beaucoup plus long de tasser trois grandes colonnes de mots que de faire un volume d'idées, son article ne parut que quelques jours plus tard. Il ne fut point inséré dans *les Débats*, mais dans *la Presse*.

Le billet de 1200 francs était payé ; chacun était parfaitement satisfait, excepté l'éditeur, qui l'était presque. Et c'est ainsi qu'on paie ses dettes.... quand on a du génie.

Si quelque malin s'avisait de prendre ceci pour une blague de petit journal et un attentat à la gloire du plus grand homme de notre siècle, il se tromperait honteusement ; j'ai voulu montrer que le grand poète savait dénouer une lettre de change aussi facilement que le roman le plus mystérieux et le plus intrigué.

---

(1) Ourliac, un ami de Baudelaire.
(2) Où habitait Théophile Gautier...
(3) Gérard de Nerval.

Vie de Balzac	Vie politique
1799 20 mai : naissance d'Honoré Balzac à Tours.	**1799** Coup d'Etat du 18 brumaire. Consulat.
1807-1813 Il est interne au collège de Vendôme.	**1802** Bonaparte nommé consul à vie.
1814 Installation à Paris.	**1804** Exécution du duc d'Enghien.
1819 Baccalauréat de droit.	Sacre de Napoléon.
1822 Liaison avec Mme de Berny.	**1805** Victoire d'Austerlitz.
Premiers romans sous divers pseudonymes.	**1806** Blocus continental.
	1812 Campagne de Russie.
1825 Liaison avec la duchesse d'Abrantès.	**1815** Bataille de Waterloo.
1826 Il achète une imprimerie.	Les Cent-Jours. Exil de Napoléon. Louis XVIII roi de France.
1827 Faillite.	
1828 Installation rue Cassini.	**1820** Assassinat du duc de Berry.
1829 *Les Chouans*, premier roman signé Balzac.	**1821** Mort de Napoléon.
Mort de son père.	**1824** Mort de Louis XVIII ; Charles X lui succède.
1832 Première lettre de l'Etrangère.	**1830** Les trois Glorieuses. Louis-Philippe roi des Français. Prise d'Alger. Début de la conquête de l'Algérie.
1834 Il devient l'amant de Mme Hanska.	
Liaison avec la comtesse Guidoboni-Visconti.	**1831** Révolte des canuts à Lyon.
1836 Voyage en Italie avec Caroline Marbouty.	**1832** Arrestation de la duchesse de Berry.
Mort de Mme de Berny.	**1834** Emeutes à Paris et à Lyon.
1837 Il achète les Jardies, près de Ville-d'Avray.	**1837** Victoria monte sur le trône d'Angleterre.
1840 Installation rue Raynouard.	**1841** Loi sur la protection du travail des enfants.
1843 Voyage à Saint-Pétersbourg pour retrouver Mme Hanska.	**1848** Révolution à Paris. Chute de Louis-Philippe. Proclamation de la république. Suffrage universel. Louis-Napoléon est élu président.
1845 Voyage en Europe avec Mme Hanska.	
1846 Il achète l'hôtel de la rue Fortunée.	
1847/1849 Séjours en Ukraine.	
1850 14 mars : mariage avec Mme Hanska.	
21 mai : retour à Paris.	
18 août : mort de Balzac.	

Vie littéraire	Vie culturelle
1802 Chateaubriand : *René*.	**1799** Beethoven : *La Pathétique*.
1805 Mme de Staël : *Corinne*.	**1801** Haydn : *Les Saisons*.
1806 Hegel : *Phénoménologie de l'esprit*.	**1804** Ingres : *Mlle Rivière*.
1808 Goethe : *Premier Faust*.	**1806** Chalgrin commence la construction de l'Arc de triomphe.
1818 Mary Shelley : *Frankenstein*.	David : *Le Sacre de l'Empereur*.
1819 Schopenhauer : *Le Monde comme volonté et comme représentation*.	**1808** Girodet : *Les Funérailles d'Attala*.
W. Scott : *Ivanhoé*.	**1816** Rossini : *Le Barbier de Séville*.
1830 Stendhal : *Le Rouge et le Noir*.	**1818** Géricault : *Le Radeau de la Méduse*.
Hugo : *Hernani*.	**1822** Champollion déchiffre les hiéroglyphes.
1831 Hugo : *N.D de Paris*.	Schubert : *Symphonie inachevée*.
1833 Michelet : *Histoire de France (t. I et II)*.	Delacroix : *Les Massacres de Scio*.
1834 Pouchkine : *La Dame de pique*.	**1823** Beethoven : *Neuvième Symphonie*.
1835 Musset : *Confessions d'un enfant du siècle*.	**1827** Ouverture de la première ligne de chemin de fer en France.
Gogol : *Journal d'un fou*.	Corot : *Le Pont de Narni*.
1839 Stendhal : *La Chartreuse de Parme*.	**1830** Berlioz : *Symphonie fantastique*.
1840 Dr Villermé : *Tableau de l'état physique et moral des ouvriers*.	**1832** Chopin : neuf *Mazurkas*.
1842 E. Süe : *Les Mystères de Paris*.	**1837** Premier daguerréotype.
1844 A. Dumas : *Le Comte de Monte-Cristo*.	**1839** Ingres : *L'Odalisque à l'esclave*.
1848 Marx et Engels : *Manifeste du parti communiste*.	**1841** Delacroix : *L'Entrée des croisés à Constantinople*.
Dumas fils : *La Dame aux camélias*.	**1843** Wagner : *Le Vaisseau fantôme*.
Lewis Caroll : *Alice au pays des merveilles*.	**1845** Daumier : *Les Gens de Justice*.
1849 G. Sand : *La Petite Fadette*.	**1850** Courbet : *L'Enterrement à Ornans*.
	Wagner : *Lohengrin*.

Principales œuvres de Balzac

ROMANS

La Comédie humaine

1829 *Les Chouans. Physiologie du mariage.*
1830 *Le Bal de Sceaux. La Maison du Chat-qui-pelote. Gobseck. La Vendetta. Une double famille. La Paix du ménage.*
1831 *La Peau de chagrin. Le Chef-d'œuvre inconnu. Etude de femme. Un épisode sous la Terreur. Une passion dans le désert. Les Proscrits.*
1832 *Le Colonel Chabert. Le Curé de Tours. La Femme abandonnée.*
1833 *Eugénie Grandet. Le Médecin de campagne. Louis Lambert. L'Illustre Gaudissart. Ferragus.*
1834 *La Duchesse de Langeais. La Recherche de l'absolu.*
1835 *Le Père Goriot. Le Lys dans la vallée. La Fille aux yeux d'or. Séraphita. Le Contrat de mariage.*
1837 *César Birotteau. Les Employés. La Vieille Fille.*
1838 *La Maison Nucingen.*
1839 *Une fille d'Ève. Le Cabinet des antiques. Les Secrets de la princesse de Cadignan. Béatrix.*
1841 *Le Curé de village.*
1842 *Ursule Mirouët. Une ténébreuse affaire. La Rabouilleuse. Mémoires de deux jeunes mariées. Albert Savarus. Un début dans la vie. Autre étude de femme.*
1843 *Illusions perdues. La Muse du département.*
1844 *Splendeurs et misères des courtisanes (I et II). Modeste Mignon. La Fausse Maîtresse. Les Paysans. La Femme de trente ans (version définitive). Gaudissart II.*
1845 *Petites Misères de la vie conjugale.*
1846 *L'Envers de l'histoire contemporaine.*
1847 *Splendeurs et misères des courtisanes (III). La Cousine Bette. Le Cousin Pons. Le Député d'Arcis.*
1856 *Les Petits Bourgeois* (posthume).

Contes drolatiques
(1833 – 1834 – 1837).

THÉÂTRE
1840 *Vautrin.*
1842 *Les Ressources de Quinola.*
1848 *La Marâtre.*

CORRESPONDANCES

Correspondance Lettres à l'Étrangère

Illustration finale des Contes drolatiques *dans l'édition illustrée par Gustave Doré.*

Balzac aujourd'hui

• Les livres à lire

André Billy : *Balzac*
(Flammarion).
André Maurois : *Prométhée
ou la vie de Balzac*
(Flammarion).
Gaëtan Picon : *Balzac par
lui-même* (Seuil, Ecrivains de
toujours).
Stephan Zweig : *Balzac*
(Albin Michel).
Balzac, ouvrage collectif
(Hachette, Collection Génies
et Réalités).

• Les musées à visiter

Le musée Balzac à Saché,
dans la Loire.
Le musée Balzac à Paris, 57,
rue Raynouard.

La Comédie humaine a
fourni un inépuisable
réservoir d'adaptations
cinématographiques ou
télévisées. Ci-dessous, le
Père Goriot, incarné par
Charles Vanel.

(D.R.)

Le colonel Chabert

À MADAME LA COMTESSE IDA DE BOCARMÉ,
NÉE DU CHASTELER

« Allons ! encore notre vieux carrick ! »

Cette exclamation échappait à un clerc appartenant au genre de ceux qu'on appelle dans les études des *saute-ruisseaux*, et qui mordait en ce moment de fort bon appétit dans un morceau de pain ; il en arracha un peu de mie pour faire une boulette et la lança railleusement par le vasistas d'une fenêtre sur laquelle il s'appuyait. Bien dirigée, la boulette rebondit presque à la hauteur de la croisée, après avoir frappé le chapeau d'un inconnu qui traversait la cour d'une maison située rue Vivienne, où demeurait Me Derville, avoué.

« Allons, Simonnin, ne faites donc pas de sottises aux gens, ou je vous mets à la porte. Quelque pauvre que soit un client, c'est toujours un homme, que diable ! » dit le Maître clerc en interrompant l'addition d'un mémoire de frais.

Le saute-ruisseau est généralement, comme était Simonnin, un garçon de treize à quatorze ans, qui dans toutes les études se trouve sous la domination spéciale du Principal clerc dont les commissions et les billets doux l'occupent tout en allant porter des exploits chez les huissiers et des placets au Palais. Il tient au gamin de Paris par ses mœurs, et à la Chicane par sa destinée. Cet enfant est presque toujours sans pitié, sans frein, indisciplinable, faiseur de couplets, goguenard, avide et paresseux. Néanmoins presque tous les petits clercs ont une vieille mère logée à un cinquième étage avec laquelle ils partagent les trente ou quarante francs qui leur sont alloués par mois.

« Si c'est un homme, pourquoi l'appelez-vous *vieux carrick* ? » dit Simonnin de l'air de l'écolier qui prend son maître en faute.

Et il se remit à manger son pain et son fromage en accotant son épaule sur le montant de la fenêtre, car il se reposait debout, ainsi que les chevaux de coucou, l'une de ses jambes relevée et appuyée contre l'autre, sur le bout du soulier.

« Quel tour pourrions-nous jouer à ce chinois-là ? » dit à voix basse le troisième clerc nommé Godeschal en s'arrêtant au milieu d'un raisonnement qu'il engendrait dans une requête grossoyée par le quatrième clerc et dont les copies étaient faites par deux néophytes venus de province. Puis il continua son improvisation : « ... *Mais, dans sa noble et bienveillante sagesse, Sa Majesté Louis Dix-Huit* (mettez en toutes lettres, hé ! Desroches le savant qui faites la Grosse !), *au moment où Elle reprit les rênes de son royaume, comprit...*

4

(qu'est-ce qu'il comprit, ce gros farceur-là ?) *la haute mission à laquelle Elle était appelée par la divine Providence !......* (point admiratif et six points : on est assez religieux au Palais pour nous les passer), *et sa première pensée fut, ainsi que le prouve la date de l'ordonnance ci-dessous désignée, de réparer les infortunes causées par les affreux et tristes désastres de nos temps révolutionnaires, en restituant à ses fidèles et nombreux serviteurs* (nombreux est une flatterie qui doit plaire au Tribunal) *tous leurs biens non vendus, soit qu'ils se trouvassent dans le domaine public, soit qu'ils se trouvassent dans le domaine ordinaire ou extraordinaire de la couronne, soit enfin qu'ils se trouvassent dans les dotations d'établissements publics, car nous sommes et nous nous prétendons habiles à soutenir que tel est l'esprit et le sens de la fameuse et si loyale ordonnance rendue en... !* Attendez, dit Godeschal aux trois clercs, cette scélérate de phrase a rempli la fin de ma page. – Eh bien, reprit-il en mouillant de sa langue le dos du cahier afin de pouvoir tourner la page épaisse de son papier timbré, eh bien, si vous voulez lui faire une farce, il faut lui dire que le patron ne peut parler à ses clients qu'entre deux et trois heures du matin : nous verrons s'il viendra, le vieux malfaiteur ! » Et Godeschal reprit la phrase commencée : « *rendue en...* Y êtes-vous ? demanda-t-il.

– Oui », crièrent les trois copistes.

Tout marchait à la fois, la requête, la causerie et la conspiration.

« *Rendue en...* Hein ? papa Boucard, quelle est la date de l'ordonnance ? il faut mettre les points sur les i, saquerlotte ! Cela fait des pages.

– *Saquerlotte !* répéta l'un des copistes avant que Boucard le Maître clerc n'eût répondu.

– Comment, vous avez écrit *saquerlotte* ? s'écria Godeschal en regardant l'un des nouveaux venus d'un air à la fois sévère et goguenard.

– Mais oui, dit Desroches le quatrième clerc en se penchant sur la copie de son voisin, il a écrit : *Il faut mettre les points sur les i*, et *sakerlotte* avec un k. »

Tous les clercs partirent d'un grand éclat de rire.

« Comment, monsieur Huré, vous prenez *saquerlotte* pour un terme de Droit, et vous dites que vous êtes de Mortagne ! s'écria Simonnin.

– Effacez bien ça ! dit le Principal clerc. Si le juge chargé de taxer le dossier voyait des choses pareilles, il dirait qu'on *se moque de la barbouillée* ! Vous causeriez des désagréments au patron. Allons, ne faites plus de ces bêtises-là, monsieur Huré ! Un Normand ne doit pas écrire insouciamment une requête. C'est le : *Portez arme !* de la Basoche.

– *Rendue en... en ?...* demanda Godeschal. Dites-moi donc quand, Boucard ?

– Juin 1814 », répondit le Premier clerc sans quitter son travail.

Un coup frappé à la porte de l'étude interrompit la phrase de la prolixe requête. Cinq clercs bien endentés, aux yeux vifs et railleurs, aux têtes crépues, levèrent le nez vers la porte, après avoir tous crié d'une voix de chantre : « Entrez. » Boucard resta la face ensevelie dans un monceau d'actes, nommés *broutille* en style de Palais, et continua de dresser le mémoire de frais auquel il travaillait.

L'étude était une grande pièce ornée du poêle classique qui garnit tous les antres de la chicane. Les tuyaux traversaient diagonalement la chambre et rejoignaient une cheminée condamnée sur le marbre de laquelle se voyaient divers morceaux de pain, des triangles de fromage de Brie, des côtelettes de porc frais, des verres, des bouteilles, et la tasse de chocolat du Maître clerc. L'odeur de ces comestibles s'amalgamait si bien avec la puanteur du poêle chauffé sans mesure, avec le parfum particulier aux bureaux et aux paperasses, que la puanteur d'un renard n'y aurait pas été sensible. Le plancher était déjà couvert de fange et de neige apportée par les clercs. Près de la fenêtre se trouvait le secrétaire à cylindre du Principal, et auquel était adossée la petite table destinée au second clerc. Le second *faisait* en ce moment *le Palais*. Il pouvait être de huit à neuf heures du matin. L'étude avait pour tout ornement ces grandes affiches jaunes qui annoncent des saisies immobilières, des ventes, des licitations entre majeurs et mineurs, des adjudications définitives ou préparatoires, la gloire des études ! Derrière le Maître clerc était un énorme casier qui garnissait le mur du haut en bas, et dont chaque compartiment était bourré de liasses d'où pendaient un nombre infini d'étiquettes et de bouts de fil rouge qui donnent une physionomie spéciale aux dossiers de procédure. Les rangs inférieurs du casier étaient pleins de cartons jaunis par l'usage, bordés de papier bleu, et sur lesquels se lisaient les noms des gros clients dont les affaires juteuses se cuisinaient en ce moment. Les sales vitres de la croisée laissaient passer peu de jour. D'ailleurs, au mois de février, il existe à Paris très peu d'études où l'on puisse écrire sans le secours d'une lampe avant dix heures, car elles sont toutes l'objet d'une négligence assez concevable : tout le monde y va, personne n'y reste, aucun intérêt personnel ne s'attache à ce qui est si banal ; ni l'avoué, ni les plaideurs, ni les clercs ne tiennent à l'élégance d'un endroit qui pour les uns est une classe, pour les autres un passage, pour le maître un laboratoire. Le mobilier crasseux se transmet d'avoués en avoués avec un scrupule si religieux que certaines études possèdent encore des boîtes à *résidus*, des moules à *tirets*, des sacs provenant des procureurs au *Chlet*, abréviation du mot CHÂTELET, juridiction qui représentait dans l'ancien ordre de choses le tribunal de première instance actuel. Cette étude obscure, grasse de poussière, avait donc, comme toutes les autres, quelque chose de repoussant pour les plaideurs, et qui en faisait une des plus hideuses monstruosités parisiennes. Certes, si les sacristies humides où les prières se pèsent et se payent comme des épices, si les magasins des revendeuses où flottent des guenilles qui flétrissent toutes les illusions de la vie en nous montrant où aboutissent nos fêtes, si ces deux cloaques de la poésie n'existaient pas, une étude d'avoué serait de toutes les boutiques sociales la plus horrible. Mais il en est ainsi de la maison de jeu, du tribunal, du bureau de loterie et du mauvais lieu. Pourquoi ? Peut-être dans ces endroits le drame, en se jouant dans l'âme de l'homme, lui rend-il les accessoires indifférents : ce qui expliquerait aussi la simplicité des grands penseurs et des grands ambitieux.

« Où est mon canif ?

– Je déjeune !

– Va te faire lanlaire, voilà un pâté sur la requête !

– Chît ! messieurs. »

Ces diverses exclamations partirent à la fois au moment où le vieux plaideur ferma la porte avec cette sorte d'humilité qui dénature les mouvements de l'homme malheureux. L'inconnu essaya de sourire, mais les muscles de son visage se détendirent quand il eut vainement cherché quelques symptômes d'aménité sur les visages inexorablement insouciants des six clercs. Accoutumé sans doute à juger les hommes, il s'adressa fort poliment au saute-ruisseau, en espérant que ce pâtiras lui répondrait avec douceur.

« Monsieur, votre patron est-il visible ? »

Le malicieux saute-ruisseau ne répondit au pauvre homme qu'en se donnant avec les doigts de la main gauche de petits coups répétés sur l'oreille, comme pour dire : « Je suis sourd. »

« Que souhaitez-vous, monsieur ? demanda Godeschal qui tout en faisant cette question avalait une bouchée de pain avec laquelle on eût pu charger une pièce de quatre, brandissait son couteau, et se croisait les jambes en mettant à la hauteur de son œil celui de ses pieds qui se trouvait en l'air.

– Je viens ici, monsieur, pour la cinquième fois, répondit le patient. Je souhaite parler à M. Derville.

– Est-ce pour une affaire ?

– Oui, mais je ne puis l'expliquer qu'à monsieur...

– Le patron dort, si vous désirez le consulter sur quelques difficultés, il ne travaille sérieusement qu'à minuit. Mais si vous vouliez nous dire votre cause, nous pourrions, tout aussi bien que lui, vous... »

L'inconnu resta impassible. Il se mit à regarder modestement autour de lui, comme un chien qui, en se glissant dans une cuisine étrangère, craint d'y recevoir des coups. Par une grâce de leur état, les clercs n'ont jamais peur des voleurs, ils ne soupçonnèrent donc point l'homme au carrick et lui laissèrent observer le local, où il cherchait vainement un siège pour se reposer, car il était visiblement fatigué. Par système, les avoués laissent peu de chaises dans leurs études. Le client vulgaire, lassé d'attendre sur ses jambes, s'en va grognant, mais il ne prend pas un temps qui, suivant le mot d'un vieux procureur, n'est pas admis en *taxe*.

« Monsieur, répondit-il, j'ai déjà eu l'honneur de vous prévenir que je ne pouvais expliquer mon affaire qu'à M. Derville, je vais attendre son lever. »

Boucard avait fini son addition. Il sentit l'odeur de son chocolat, quitta son fauteuil de canne, vint à la cheminée, toisa le vieil homme, regarda le carrick et fit une grimace indescriptible. Il pensa probablement que, de quelque manière que l'on tordît ce client, il serait impossible d'en extraire un centime ; il intervint alors par une parole brève, dans l'intention de débarrasser l'étude d'une mauvaise pratique.

« Ils vous disent la vérité, monsieur. Le patron ne travaille que pendant la nuit. Si votre affaire est grave, je vous conseille de revenir à une heure du matin. »

Le plaideur regarda le Maître clerc d'un air stupide, et demeura pendant un moment immobile. Habitués à tous les changements de physionomie et aux singuliers caprices produits par l'indécision ou par la rêverie qui caractérisent les gens processifs, les clercs continuèrent à manger, en faisant autant de bruit avec leurs mâchoires que doivent en faire des chevaux au râtelier, et ne s'inquiétèrent plus du vieillard.

« Monsieur, je viendrai ce soir », dit enfin le vieux qui par une ténacité particulière aux gens malheureux voulait prendre en défaut l'humanité.

La seule épigramme permise à la Misère est d'obliger la Justice et la Bienfaisance à des dénis injustes. Quand les malheureux ont convaincu la Société de mensonge, ils se rejettent plus vivement dans le sein de Dieu.

« Ne voilà-t-il pas un fameux *crâne* ? dit Simonnin sans attendre que le vieillard eût fermé la porte.

– Il a l'air d'un déterré, reprit le dernier clerc.

– C'est quelque colonel qui réclame un arriéré, dit le Maître clerc.

– Non, c'est un ancien concierge, dit Godeschal.

– Parions qu'il est noble, s'écria Boucard.

– Je parie qu'il a été portier, répliqua Godeschal. Les portiers sont seuls doués par la nature de carricks usés, huileux et déchiquetés par le bas comme l'est celui de ce vieux bonhomme ! Vous n'avez donc vu ni ses bottes éculées qui prennent l'eau, ni sa cravate qui lui sert de chemise ? Il a couché sous les ponts.

– Il pourrait être noble et avoir tiré le cordon, s'écria Desroches. Ça s'est vu !

– Non, reprit Boucard au milieu des rires, je soutiens qu'il a été brasseur en 1789, et colonel sous la République.

– Ah ! je parie un spectacle pour tout le monde qu'il n'a pas été soldat, dit Godeschal.

– Ça va, répliqua Boucard.

– Monsieur ! monsieur ? cria le petit clerc en ouvrant la fenêtre.

– Que fais-tu, Simonnin ? demanda Boucard.

– Je l'appelle pour lui demander s'il est colonel ou portier, il doit le savoir, lui. »

Tous les clercs se mirent à rire. Quant au vieillard, il remontait déjà l'escalier.

« Qu'allons-nous lui dire ? s'écria Godeschal.

– Laissez-moi faire ! » répondit Boucard.

Le pauvre homme rentra timidement en baissant les yeux, peut-être pour ne pas révéler sa faim en regardant avec trop d'avidité les comestibles.

« Monsieur, lui dit Boucard, voulez-vous avoir la complaisance de nous donner votre nom, afin que le patron sache si...

– Chabert.

– Est-ce le colonel mort à Eylau ? demanda Huré qui n'ayant encore rien dit était jaloux d'ajouter une raillerie à toutes les autres.

– Lui-même, monsieur », répondit le bonhomme avec une simplicité antique. Et il se retira.

« Chouit !

– Dégommé !

– Puff !

– Oh !

– Ah !

– Bâoun !

– Ah ! le vieux drôle !

– Trinn, la, la, trinn, trinn !

– Enfoncé !

– Monsieur Desroches, vous irez au spectacle sans payer », dit Huré au quatrième clerc, en lui donnant sur l'épaule une tape à tuer un rhinocéros.

Ce fut un torrent de cris, de rires et d'exclamations, à la peinture duquel on userait toutes les onomatopées de la langue.

« À quel théâtre irons-nous ?

– À l'Opéra ! s'écria le Principal.

– D'abord, reprit Godeschal, le théâtre n'a pas été désigné. Je puis, si je veux, vous mener chez Mme Saqui.

– Mme Saqui n'est pas un spectacle, dit Desroches.

– Qu'est-ce qu'un spectacle ? reprit Godeschal. Établissons d'abord le *point de fait*. Qu'ai-je parié, messieurs ? un spectacle. Qu'est-ce qu'un spectacle ? une chose qu'on voit...

– Mais dans ce système-là, vous vous acquitteriez donc en nous menant voir l'eau couler sous le Pont-Neuf ? s'écria Simonnin en interrompant.

– Qu'on voit pour de l'argent, disait Godeschal en continuant.

– Mais on voit pour de l'argent bien des choses qui ne sont pas un spectacle. La définition n'est pas exacte, dit Desroches.

– Mais, écoutez-moi donc !

– Vous déraisonnez, mon cher, dit Boucard.

– Curtius est-il un spectacle ? dit Godeschal.

– Non, répondit le Maître clerc, c'est un cabinet de figures.

– Je parie cent francs contre un sou, reprit Godeschal, que le cabinet de Curtius constitue l'ensemble de choses auquel est dévolu le nom de spectacle. Il comporte une chose à voir à différents prix, suivant les différentes places où l'on veut se mettre.

– Et *berlik berlok*, dit Simonnin.

– Prends garde que je ne te gifle, toi ! » dit Godeschal.

Les clercs haussèrent les épaules.

« D'ailleurs, il n'est pas prouvé que ce vieux singe ne se soit pas moqué de nous, dit-il en cessant son argumentation étouffée par le rire des autres clercs. En conscience, le colonel Chabert est bien mort, sa femme est remariée au comte Ferraud, conseiller d'État. Mme Ferraud est une des clientes de l'étude !

– La cause est remise à demain, dit Boucard. À l'ouvrage, messieurs ! Sac-à-papier ! l'on ne fait rien ici. Finissez donc votre requête, elle doit être signifiée avant l'audience de la quatrième Chambre. L'affaire se juge aujourd'hui. Allons, à cheval.

– Si c'eût été le colonel Chabert, est-ce qu'il n'aurait pas chaussé le bout de son pied dans le postérieur de ce farceur de Simonnin quand il a fait le sourd ? dit Desroches en regardant cette observation comme plus concluante que celle de Godeschal.

– Puisque rien n'est décidé, reprit Boucard, convenons d'aller aux secondes loges des Français voir Talma dans Néron. Simonnin ira au parterre. »

Là-dessus, le Maître clerc s'assit à son bureau, et chacun l'imita.

« *Rendue en juin mil huit cent quatorze* (en toutes lettres), dit Godeschal, y êtes-vous ?

– Oui, répondirent les deux copistes et le gros-soyeur dont les plumes recommencèrent à crier sur le papier timbré en faisant dans l'étude le bruit de cent hannetons enfermés par des éco-liers dans des cornets de papier.

– *Et nous espérons que Messieurs composant le tribunal*, dit l'improvisateur. Halte ! il faut que je relise ma phrase, je ne me comprends plus moi-même.

– Quarante-six... Ça doit arriver souvent !... Et trois, quarante-neuf, dit Boucard.

– *Nous espérons*, reprit Godeschal après avoir tout relu, *que Messieurs composant le tribunal ne seront pas moins grands que ne l'est l'auguste auteur de l'ordonnance, et qu'ils feront justice des misérables prétentions de l'administration de la grande chancellerie de la Légion d'honneur en fixant la jurisprudence dans le sens large que nous établissons ici...*

– Monsieur Godeschal, voulez-vous un verre d'eau ? dit le petit clerc.

– Ce farceur de Simonnin ! dit Boucard. Tiens, apprête tes chevaux à double semelle, prends ce paquet, et valse jusqu'aux Invalides.

– *Que nous établissons ici*, reprit Godeschal. Ajoutez : *dans l'intérêt de madame...* (en toutes lettres) *la vicomtesse de Grandlieu...*

– Comment ! s'écria le Maître clerc, vous vous avisez de faire des requêtes dans l'affaire vicom-tesse de Grandlieu contre Légion d'honneur, une affaire pour compte d'étude, entreprise à forfait ? Ah ! vous êtes un fier nigaud ! Voulez-vous bien me mettre de côté vos copies et votre minute, gardez-moi cela pour l'affaire Navarreins contre les Hospices. Il est tard, je vais faire un bout de placet, avec des *attendu*, et j'irai moi-même au Palais... »

Cette scène représente un des mille plaisirs qui, plus tard, font dire en pensant à la jeunesse : « C'était le bon temps ! »

Vers une heure du matin, le prétendu colonel Chabert vint frapper à la porte de Me Derville, avoué près le tribunal de première instance du département de la Seine. Le portier lui répondit que M. Derville n'était pas rentré. Le vieillard allégua le rendez-vous et monta chez ce célèbre légiste, qui, malgré sa jeunesse, passait pour être une des plus fortes têtes du Palais. Après avoir sonné, le défiant solliciteur ne fut pas médiocrement étonné de voir le premier clerc occupé à ranger sur la table de la salle à manger de son patron les nombreux dossiers des affaires qui *venaient* le lendemain en ordre utile. Le clerc, non moins étonné, salua le colonel en le priant de s'asseoir : ce que fit le plaideur.

« Ma foi, monsieur, j'ai cru que vous plaisantiez hier en m'indiquant une heure si matinale pour une consultation, dit le vieillard avec la fausse gaieté d'un homme ruiné qui s'efforce de sourire.

– Les clercs plaisantaient et disaient vrai tout ensemble, reprit le Principal en continuant son travail. M. Derville a choisi cette heure pour examiner ses causes, en résumer les moyens, en ordonner la conduite, en disposer les *défenses*. Sa prodigieuse intelligence est plus libre en ce moment, le seul où il obtienne le silence et la tranquillité nécessaires à la conception des bonnes idées. Vous êtes, depuis qu'il est avoué, le troisième exemple d'une consultation donnée à cette heure nocturne. Après être rentré, le patron discutera chaque affaire, lira tout, passera peut-être quatre ou cinq heures à sa besogne ; puis, il me sonnera et m'expliquera ses intentions. Le matin, de dix heures à deux heures, il écoute ses clients, puis il emploie le reste de la journée à ses rendez-vous. Le soir, il va dans le monde pour y entretenir ses relations. Il n'a donc que la nuit pour creuser ses procès, fouiller les arsenaux du Code et faire ses plans de bataille. Il ne veut pas perdre une seule cause, il a l'amour de son art. Il ne se charge pas, comme ses confrères, de toute espèce d'affaire. Voilà sa vie, qui est singulière-ment active. Aussi gagne-t-il beaucoup d'argent. »

En entendant cette explication, le vieillard resta silencieux, et sa bizarre figure prit une expression si dépourvue d'intelligence, que le clerc, après l'avoir regardé, ne s'occupa plus de lui. Quelques instants après, Derville rentra, mis en costume de bal ; son Maître clerc lui ouvrit la porte, et se remit à achever le classement des dos-siers. Le jeune avoué demeura pendant un moment stupéfait en entrevoyant dans le clair-obscur le singulier client qui l'attendait. Le colo-nel Chabert était aussi parfaitement immobile que peut l'être une figure en cire de ce cabinet de Curtius où Godeschal avait voulu mener ses camarades. Cette immobilité n'aurait peut-être pas été un sujet d'étonnement, si elle n'eût complété le spectacle surnaturel que présentait l'ensemble du personnage. Le vieux soldat était sec et maigre. Son front, volontairement caché sous les cheveux de sa perruque lisse, lui donnait quelque chose de mystérieux. Ses yeux paraissaient couverts d'une taie transparente : vous eussiez dit de la nacre sale dont les reflets bleuâtres chatoyaient à la lueur des bougies. Le visage pâle, livide, et en lame de couteau, s'il est permis d'emprunter cette expression vulgaire, semblait mort. Le cou était serré par une mauvaise cravate de soie noire. L'ombre cachait si bien le corps à partir de la ligne brune que décrivait ce haillon, qu'un homme d'imagination aurait pu prendre cette vieille tête pour quelque silhouette due au hasard, ou pour un portrait de Rembrandt, sans cadre. Les bords du chapeau qui couvrait le front du vieillard projetaient un sillon noir sur le haut du visage. Cet effet bizarre, quoique naturel, faisait ressortir, par la brusquerie du contraste, les rides blanches, les sinuosités froides, le sentiment décoloré de cette physionomie cadavéreuse. Enfin l'absence de tout mouvement dans le corps, de toute chaleur dans le regard, s'accordait avec une certaine expression de démence triste, avec les dégradants symptômes par lesquels se caractérise l'idiotisme, pour faire de cette figure je ne sais quoi de funeste qu'aucune parole humaine ne pourrait exprimer. Mais un observateur, et surtout un avoué, aurait trouvé de plus en cet homme foudroyé les signes d'une douleur profonde, les indices d'une misère qui avait dégradé ce visage, comme les gouttes d'eau tombées du ciel sur un beau marbre l'ont à la longue défiguré. Un médecin, un auteur, un magistrat eussent pressenti tout un drame à l'aspect de cette sublime horreur dont le moindre mérite était de ressembler à ces fantaisies que les peintres s'amusent à dessiner au bas de leurs pierres lithographiques en causant avec leurs amis.

En voyant l'avoué, l'inconnu tressaillit par un mouvement convulsif semblable à celui qui échappe aux poètes quand un bruit inattendu vient les détourner d'une féconde rêverie, au milieu du silence et de la nuit. Le vieillard se découvrit promptement et se leva pour saluer le jeune homme ; le cuir qui garnissait l'intérieur de son chapeau étant sans doute fort gras, sa perruque y resta collée sans qu'il s'en aperçût, et laissa voir à nu son crâne horriblement mutilé par une cicatrice transversale qui prenait à l'occiput et venait mourir à l'œil droit, en formant partout une grosse couture saillante. L'enlèvement soudain de cette perruque sale, que le pauvre homme portait pour cacher sa blessure, ne donna nulle envie de rire aux deux gens de loi, tant ce crâne fendu était épouvantable à voir. La première pensée que suggérait l'aspect de cette blessure était celle-ci : « Par là s'est enfuie l'intelligence ! »

« Si ce n'est pas le colonel Chabert, ce doit être un fier troupier ! pensa Boucard.

– Monsieur, lui dit Derville, à qui ai-je l'honneur de parler ?

– Au colonel Chabert.

– Lequel ?

– Celui qui est mort à Eylau », répondit le vieillard.

En entendant cette singulière phrase, le clerc et l'avoué se jetèrent un regard qui signifiait : « C'est un fou ! »

« Monsieur, reprit le colonel, je désirerais ne confier qu'à vous le secret de ma situation. »

Une chose digne de remarque est l'intrépidité naturelle aux avoués. Soit l'habitude de recevoir un grand nombre de personnes, soit le profond sentiment de la protection que les lois leur accordent, soit confiance en leur ministère, ils entrent partout sans rien craindre, comme les prêtres et les médecins. Derville fit un signe à Boucard, qui disparut.

« Monsieur, reprit l'avoué, pendant le jour je ne suis pas trop avare de mon temps ; mais au milieu de la nuit les minutes me sont précieuses. Ainsi, soyez bref et concis. Allez au fait sans digression. Je vous demanderai moi-même les éclaircissements qui me sembleront nécessaires. Parlez. »

Après avoir fait asseoir son singulier client, le jeune homme s'assit lui-même devant la table ; mais, tout en prêtant son attention au discours du feu colonel, il feuilleta ses dossiers.

« Monsieur, dit le défunt, peut-être savez-vous que je commandais un régiment de cavalerie à Eylau. J'ai été pour beaucoup dans le succès de la célèbre charge que fit Murat, et qui décida le gain de la bataille. Malheureusement pour moi, ma mort est un fait historique consigné dans les *Victoires et Conquêtes*, où elle est rapportée en détail. Nous fendîmes en deux les trois lignes russes, qui, s'étant aussitôt reformées, nous obligèrent à les retraverser en sens contraire. Au moment où nous revenions vers l'Empereur, après avoir dispersé les Russes, je rencontrai un gros de cavalerie ennemie. Je me précipitai sur ces entêtés-là. Deux officiers russes, deux vrais géants, m'attaquèrent à la fois. L'un d'eux m'appliqua sur la tête un coup de sabre qui fendit tout jusqu'à un bonnet de soie noire que j'avais sur la tête, et m'ouvrit profondément le crâne. Je tombai de cheval. Murat vint à mon secours, il me passa sur le corps, lui et tout son monde, quinze cents hommes, excusez du peu ! Ma mort fut annoncée à l'Empereur, qui, par prudence (il m'aimait un peu, le patron !), voulut savoir s'il n'y aurait pas quelque chance de sauver l'homme auquel il était redevable de cette vigoureuse attaque. Il envoya, pour me reconnaître et me rapporter aux ambulances, deux chirurgiens en leur disant, peut-être trop négligemment, car il avait de l'ouvrage : "Allez donc voir si, par hasard, mon pauvre Chabert vit encore ?" Ces sacrés carabins, qui venaient de me voir foulé aux pieds par les chevaux de deux régiments, se dispensèrent sans doute de me tâter le pouls et dirent que j'étais bien mort. L'acte de mon décès fut donc probablement dressé d'après les règles établies par la jurisprudence militaire. »

En entendant son client s'exprimer avec une lucidité parfaite et raconter des faits si vraisemblables, quoique étranges, le jeune avoué laissa ses dossiers, posa son coude gauche sur la table, se mit la tête dans la main, et regarda le colonel fixement.

« Savez-vous, monsieur, lui dit-il en l'interrompant, que je suis l'avoué de la comtesse Ferraud, veuve du colonel Chabert ?

– Ma femme ! Oui, monsieur. Aussi, après cent démarches infructueuses chez des gens de loi qui m'ont tous pris pour un fou, me suis-je déterminé à venir vous trouver. Je vous parlerai de mes malheurs plus tard. Laissez-moi d'abord vous établir les faits, vous expliquer plutôt comme ils ont dû se passer, que comme ils sont arrivés. Certaines circonstances, qui ne doivent être connues que du Père éternel, m'obligent à en présenter plusieurs comme des hypothèses. Donc, monsieur, les blessures que j'ai reçues auront probablement produit un tétanos, ou m'auront mis dans une crise analogue à une maladie nommée, je crois, catalepsie. Autrement comment concevoir que j'aie été, suivant l'usage de la guerre, dépouillé de mes vêtements, et jeté dans la fosse aux soldats par les gens chargés d'enterrer les morts ? Ici, permettez-moi de placer un détail que je n'ai pu connaître que postérieurement à l'événement qu'il faut bien appeler ma mort. J'ai rencontré, en 1814, à Stuttgart, un ancien maréchal des logis de mon régiment. Ce cher homme, le seul qui ait voulu me reconnaître, et de qui je vous parlerai tout à l'heure, m'expliqua le phénomène de ma conservation, en me disant que mon cheval avait reçu un boulet dans le flanc au moment où je fus blessé moi-même. La bête et le cavalier s'étaient donc abattus comme des capucins de cartes. En me renversant, soit à droite, soit à gauche, j'avais été sans doute couvert par le corps de mon cheval qui m'empêcha d'être écrasé par les chevaux, ou atteint par des boulets. Lorsque je revins à moi, monsieur, j'étais dans une position et dans une atmosphère dont je ne vous donnerais pas une idée en vous entretenant jusqu'à demain. Le peu d'air que je respirais était méphitique. Je voulus me mouvoir, et ne trouvai point d'espace. En ouvrant les yeux, je ne vis rien. La rareté de l'air fut l'accident le plus menaçant, et qui m'éclaira le plus vivement sur ma position. Je compris que là où j'étais, l'air ne se renouvelait point, et que j'allais mourir. Cette pensée m'ôta le sentiment de la douleur inexprimable par laquelle j'avais été réveillé. Mes oreilles tintèrent violemment. J'entendis, ou crus entendre, je ne veux rien affirmer, des gémissements poussés par le monde de cadavres au milieu duquel je gisais. Quoique la mémoire de ces moments soit bien ténébreuse, quoique mes souvenirs soient bien confus, malgré les impressions de souffrances encore plus profondes que je devais éprouver et qui ont brouillé mes idées, il y a des nuits où je crois encore entendre ces soupirs étouffés ! Mais il y a eu quelque chose de plus horrible que les cris, un silence que je n'ai jamais retrouvé nulle part, le vrai silence du tombeau. Enfin, en levant les mains, en tâtant les morts, je reconnus un vide entre ma tête et le fumier humain supérieur. Je pus donc mesurer l'espace qui m'avait été laissé par un hasard dont la cause m'était inconnue. Il paraît, grâce à l'insouciance ou à la précipitation avec laquelle on nous avait jetés pêle-mêle, que deux morts s'étaient croisés au-dessus de moi de manière à décrire un angle semblable à celui de deux cartes mises l'une contre l'autre par un enfant qui pose les fondements d'un château. En furetant avec promptitude, car il ne fallait pas flâner, je rencontrai fort heureusement un bras qui ne tenait à rien, le bras d'un Hercule ! un bon os auquel je dus mon salut. Sans ce secours inespéré, je périssais ! Mais, avec une rage que vous devez concevoir, je me mis à travailler les cadavres qui me séparaient de la couche de terre sans doute jetée sur nous, je dis nous, comme s'il y eût eu des vivants ! J'y allais ferme, monsieur, car me voici ! Mais je ne sais pas aujourd'hui comment j'ai pu parvenir à percer la couverture de chair qui mettait une barrière entre la vie et moi. Vous me direz que j'avais trois bras ! Ce levier, dont je me servais avec habileté, me procurait toujours un peu de l'air qui se trouvait entre les cadavres que je déplaçais, et je ménageais mes aspirations. Enfin je vis le jour, mais à travers la neige, monsieur ! En ce moment, je m'aperçus que j'avais la tête ouverte. Par bonheur, mon sang, celui de mes camarades ou la peau meurtrie de mon cheval peut-être, que sais-je ! m'avait, en se coagulant, comme enduit d'un emplâtre naturel. Malgré cette croûte, je m'évanouis quand mon crâne fut en contact avec la neige. Cependant, le peu de chaleur qui me restait ayant fait fondre la neige autour de moi, je me trouvai, quand je repris connaissance, au centre d'une petite ouverture par laquelle je criai aussi longtemps que je le pus. Mais alors le soleil se levait, j'avais donc bien peu de chances pour être entendu. Y avait-il déjà du monde aux champs ? Je me haussais en faisant de mes pieds un ressort dont le point d'appui était sur les défunts qui avaient les reins solides. Vous sentez que ce n'était pas le moment de leur dire : *Respect au courage malheureux !* Bref, monsieur, après avoir eu la douleur, si le mot peut rendre ma rage, de voir pendant longtemps, oh ! oui, longtemps ! ces sacrés Allemands se sauvant en entendant une voix là où ils n'apercevaient point d'homme, je fus enfin dégagé par une femme assez hardie ou assez curieuse pour s'approcher de ma tête qui semblait avoir poussé hors de terre comme un champignon. Cette femme alla chercher son mari, et tous deux me transportèrent dans leur pauvre baraque. Il paraît que j'eus une rechute de catalepsie, passez-moi cette expression pour vous peindre un état duquel je n'ai nulle idée, mais que j'ai jugé, sur les dires de mes hôtes, devoir être un effet de cette maladie. Je suis resté pendant six mois entre la vie et la mort, ne parlant pas, ou déraisonnant quand je parlais. Enfin mes hôtes me firent admettre à l'hôpital d'Heilsberg. Vous comprenez, monsieur, que j'étais sorti du ventre de la fosse aussi nu que de celui de ma mère ; en sorte que, six mois après, quand, un beau matin, je me souvins d'avoir été le colonel Chabert, et qu'en recouvrant ma raison je voulus obtenir de ma garde plus de respect qu'elle n'en accordait à un pauvre diable, tous mes camarades de chambrée se mirent à rire. Heureusement pour moi, le chirurgien avait répondu, par amour-propre, de ma guérison, et s'était naturellement intéressé à son malade. Lorsque je lui parlai d'une manière suivie de mon ancienne existence, ce brave homme, nommé Sparchmann, fit constater, dans les formes juridiques voulues par le droit du pays, la manière miraculeuse dont j'étais sorti de la fosse des morts, le jour et l'heure où j'avais été trouvé par ma bienfaitrice et par son mari ; le genre, la position exacte de mes blessures, en joignant à ces différents procès-verbaux une description de ma personne. Eh bien, monsieur, je n'ai ni ces pièces importantes, ni la déclaration que j'ai faite chez un notaire d'Heilsberg, en vue d'établir mon identité ! Depuis le jour où je fus chassé de cette ville par les événements de la guerre, j'ai constamment erré comme un vagabond, mendiant mon pain, traité de fou lorsque je racontais mon aventure, et sans avoir ni trouvé, ni gagné un sou pour me procurer les actes qui pouvaient prouver mes dires, et me rendre à la vie sociale. Souvent, mes douleurs me retenaient durant des semestres entiers dans de petites villes où l'on prodiguait des soins au Français malade, mais où l'on riait au nez de cet homme dès qu'il prétendait être le colonel Chabert. Pendant longtemps ces rires, ces doutes me mettaient dans une fureur qui me nuisit et me fit même enfermer comme fou à Stuttgart. À la vérité, vous pouvez juger, d'après mon récit, qu'il y avait des raisons suffisantes pour faire coffrer un homme ! Après deux ans de détention que je fus obligé de subir, après avoir entendu mille fois mes gardiens disant : "Voilà un pauvre homme qui croit être le colonel Chabert !" à des gens qui répondaient : "Le pauvre homme !" je fus convaincu de l'impossibilité de ma propre aventure, je devins triste, résigné, tranquille, et renonçai à me dire le colonel Chabert, afin de pouvoir sortir de prison et revoir la France. Oh ! monsieur, revoir Paris ! c'était un délire que je ne... »

À cette phrase inachevée, le colonel Chabert tomba dans une rêverie profonde que Derville respecta.

« Monsieur, un beau jour, reprit le client, un jour de printemps, on me donna la clef des champs et dix thalers, sous prétexte que je parlais très sensément sur toutes sortes de sujets et que je ne me disais plus le colonel Chabert. Ma foi, vers cette époque, et encore aujourd'hui, par moments, mon nom m'est désagréable. Je voudrais n'être pas moi. Le sentiment de mes droits me tue. Si ma maladie m'avait ôté tout souvenir de mon existence passée, j'aurais été heureux! J'eusse repris du service sous un nom quelconque, et qui sait? je serais peut-être devenu feld-maréchal en Autriche ou en Russie.

– Monsieur, dit l'avoué, vous brouillez toutes mes idées. Je crois rêver en vous écoutant. De grâce, arrêtons-nous pendant un moment.

– Vous êtes, dit le colonel d'un air mélancolique, la seule personne qui m'ait si patiemment écouté. Aucun homme de loi n'a voulu m'avancer dix napoléons afin de faire venir d'Allemagne les pièces nécessaires pour commencer mon procès...

– Quel procès? dit l'avoué, qui oubliait la situation douloureuse de son client en entendant le récit de ses misères passées.

– Mais, monsieur, la comtesse Ferraud n'est-elle pas ma femme! Elle possède trente mille livres de rente qui m'appartiennent, et ne veut pas me donner deux liards. Quand je dis ces choses à des avoués, à des hommes de bon sens; quand je propose, moi, mendiant, de plaider contre un comte et une comtesse; quand je m'élève, moi, mort, contre un acte de décès, un acte de mariage et des actes de naissance, ils m'éconduisent, suivant leur caractère, soit avec cet air froidement poli que vous savez prendre pour vous débarrasser d'un malheureux, soit brutalement, en gens qui croient rencontrer un intrigant ou un fou. J'ai été enterré sous des morts, mais maintenant je suis enterré sous des vivants, sous des actes, sous des faits, sous la société tout entière, qui veut me faire rentrer sous terre !

– Monsieur, veuillez poursuivre maintenant, dit l'avoué.

– *Veuillez*, s'écria le malheureux vieillard en prenant la main du jeune homme, voilà le premier mot de politesse que j'entends depuis... »

Le colonel pleura. La reconnaissance étouffa sa voix. Cette pénétrante et indicible éloquence qui est dans le regard, dans le geste, dans le silence même, acheva de convaincre Derville et le toucha vivement.

« Écoutez, monsieur, dit-il à son client, j'ai gagné ce soir trois cents francs au jeu ; je puis bien employer la moitié de cette somme à faire le bonheur d'un homme. Je commencerai les poursuites et diligences nécessaires pour vous procurer les pièces dont vous me parlez, et jusqu'à leur arrivée je vous remettrai cent sous par jour. Si vous êtes le colonel Chabert, vous saurez pardonner la modicité du prêt à un jeune homme qui a sa fortune à faire. Poursuivez. »

Le prétendu colonel resta pendant un moment immobile et stupéfait : son extrême malheur avait sans doute détruit ses croyances. S'il courait après son illustration militaire, après sa fortune, après lui-même, peut-être était-ce pour obéir à ce sentiment inexplicable, en germe dans le cœur de tous les hommes, et auquel nous devons les recherches des alchimistes, la passion de la gloire, les découvertes de l'astronomie, de la physique, tout ce qui pousse l'homme à se grandir en se multipliant par les faits ou par les idées. L'*ego*, dans sa pensée, n'était plus qu'un objet secondaire, de même que la vanité du triomphe ou le plaisir du gain deviennent plus chers au parieur que ne l'est l'objet du pari. Les paroles du jeune avoué furent donc comme un miracle pour cet homme rebuté pendant dix années par sa femme, par la justice, par la création sociale entière. Trouver chez un avoué ces dix pièces d'or qui lui avaient été refusées pendant si longtemps, par tant de personnes et de tant de manières ! Le colonel ressemblait à cette dame qui, ayant eu la fièvre durant quinze années, crut avoir changé de maladie le jour où elle fut guérie. Il est des félicités auxquelles on ne croit plus ; elles arrivent, c'est la foudre, elles consument. Aussi la reconnaissance du pauvre homme était-elle trop vive pour qu'il pût l'exprimer. Il eût paru froid aux gens superficiels, mais Derville devina toute une probité dans cette stupeur. Un fripon aurait eu de la voix.

« Où en étais-je ? dit le colonel avec la naïveté d'un enfant ou d'un soldat, car il y a souvent de l'enfant dans le vrai soldat, et presque toujours du soldat chez l'enfant, surtout en France.

– À Stuttgart. Vous sortiez de prison, répondit l'avoué.

– Vous connaissez ma femme ? demanda le colonel.

– Oui, répliqua Derville en inclinant la tête.

– Comment est-elle ?

– Toujours ravissante. »

Le vieillard fit un signe de main, et parut dévorer quelque secrète douleur avec cette résignation grave et solennelle qui caractérise les hommes éprouvés dans le sang et le feu des champs de bataille.

« Monsieur », dit-il avec une sorte de gaieté ; car il respirait, ce pauvre colonel, il sortait une seconde fois de la tombe, il venait de fondre une couche de neige moins soluble que celle qui jadis lui avait glacé la tête, et il aspirait l'air comme s'il quittait un cachot. « Monsieur, dit-il, si j'avais été joli garçon, aucun de mes malheurs ne me serait arrivé. Les femmes croient les gens quand ils farcissent leurs phrases du mot amour. Alors elles trottent, elles vont, elles se mettent en quatre, elles intriguent, elles affirment les faits, elles font le diable pour celui qui leur plaît. Comment aurais-je pu intéresser une femme ? J'avais une face de *requiem*, j'étais vêtu comme un sansculotte, je ressemblais plutôt à un Esquimau qu'à un Français, moi qui jadis passais pour le plus joli des muscadins, en 1799 ! Moi, Chabert, comte de l'Empire ! Enfin, le jour même où l'on me jeta sur le pavé comme un chien, je rencontrai le maréchal des logis de qui je vous ai déjà parlé. Le camarade se nommait Boutin. Le pauvre diable et moi faisions la plus belle paire de rosses que j'aie jamais vue ; je l'aperçus à la promenade, si je le reconnus, il lui fut impossible de deviner qui j'étais. Nous allâmes ensemble dans un cabaret. Là, quand je me nommai, la bouche de Boutin se fendit en éclats de rire comme un mortier qui crève. Cette gaieté, monsieur, me causa l'un de mes plus vifs chagrins ! Elle me révélait sans fard tous les changements qui étaient survenus en moi ! J'étais donc méconnaissable, même pour l'œil du plus humble et du plus reconnaissant de mes amis ! jadis j'avais sauvé la vie à Boutin, mais c'était une revanche que je lui devais. Je ne vous dirai pas comment il me rendit ce service. La scène eut lieu en Italie, à Ravenne. La maison où Boutin m'empêcha d'être poignardé n'était pas une maison fort décente. À cette époque je n'étais pas colonel, j'étais simple cavalier, comme Boutin. Heureusement cette histoire comportait des détails qui ne pouvaient être connus que de nous seuls ; et, quand je les lui rappelai, son incrédulité diminua. Puis je lui contai les accidents de ma bizarre existence. Quoique mes yeux, ma voix fussent, me dit-il, singulièrement altérés, que je n'eusse plus ni cheveux, ni dents, ni sourcils, que je fusse blanc comme un Albinos, il finit par retrouver son colonel dans le mendiant, après mille interrogations auxquelles je répondis victorieusement. Il me raconta ses aventures, elles n'étaient pas moins extraordinaires que les miennes : il revenait des confins de la Chine, où il avait voulu pénétrer après s'être échappé de la Sibérie. Il m'apprit les désastres de la campagne de Russie et la première abdication de Napoléon. Cette nouvelle est une des choses qui m'ont fait le plus de mal ! Nous étions deux débris curieux après avoir ainsi roulé sur le globe comme roulent dans l'Océan les cailloux emportés d'un rivage à l'autre par les tempêtes. À nous deux nous avions vu l'Égypte, la Syrie, l'Espagne, la Russie, la Hollande, l'Allemagne, l'Italie, la Dalmatie, l'Angleterre, la Chine, la Tartarie, la Sibérie ; il ne nous manquait que d'être allés dans les Indes et en Amérique ! Enfin, plus ingambe que je ne l'étais, Boutin se chargea d'aller à Paris le plus lestement possible afin d'instruire ma femme de l'état dans lequel je me trouvais. J'écrivis à Mme Chabert une lettre bien détaillée. C'était la quatrième, monsieur ! si j'avais eu des parents, tout cela ne serait peut-être pas arrivé ; mais, il faut vous l'avouer, je suis un enfant d'hôpital, un soldat qui pour patrimoine avait son courage, pour famille tout le monde, pour patrie la France, pour tout protecteur le bon Dieu. Je me trompe ! j'avais un père, l'Empereur ! Ah ! s'il était debout, le cher homme ! et qu'il vît *son Chabert*, comme il me nommait, dans l'état où je suis, mais il se mettrait en colère. Que voulez-vous ! notre soleil s'est couché, nous avons tous froid maintenant. Après tout, les événements politiques pouvaient justifier le silence de ma femme ! Boutin partit. Il était bien heureux, lui ! Il avait deux ours blancs supérieurement dressés qui le faisaient vivre. Je ne pouvais l'accompagner ; mes douleurs ne me permettaient pas de faire de longues étapes. Je pleurai, monsieur, quand nous nous séparâmes, après avoir marché aussi longtemps que mon état put me le permettre en compagnie de ses ours et de lui. À Carlsruhe j'eus un accès de névralgie à la tête, et restai six semaines sur la paille dans une auberge ! Je ne finirais pas, monsieur, s'il fallait vous raconter tous les malheurs de ma vie de mendiant. Les souffrances morales, auprès desquelles pâlissent les douleurs physiques, excitent cependant moins de pitié, parce qu'on ne les voit point. Je me souviens d'avoir pleuré devant un hôtel de Strasbourg où j'avais donné jadis une fête, et où je n'obtins rien, pas même un morceau de pain. Ayant déterminé de concert avec Boutin l'itinéraire que je devais suivre, j'allais à chaque bureau de poste demander s'il y avait une lettre et de l'argent pour moi. Je vins jusqu'à Paris sans avoir rien trouvé. Combien de désespoirs ne m'a-t-il pas fallu dévorer ! "Boutin sera mort", me disais-je. En effet, le pauvre diable avait succombé à Waterloo. J'appris sa mort plus tard et par hasard. Sa mission auprès de ma femme fut sans doute infructueuse. Enfin j'entrai dans Paris en même temps que les Cosaques. Pour moi c'était douleur sur douleur. En voyant les Russes en France, je ne pensais plus que je n'avais ni souliers aux pieds ni argent dans ma poche. Oui, monsieur, mes vêtements étaient en lambeaux. La veille de mon arrivée je fus forcé de bivouaquer dans les bois de Claye. La fraîcheur de la nuit me causa sans doute un accès de je ne sais quelle maladie, qui me prit quand je traversai le faubourg Saint-Martin. Je tombai presque évanoui à la porte d'un marchand de fer. Quand je me réveillai j'étais dans un lit à l'Hôtel-Dieu. Là je restai pendant un mois assez heureux. Je fus bientôt renvoyé. J'étais sans argent, mais bien portant et sur le bon pavé de Paris. Avec quelle joie et quelle promptitude j'allai rue du Mont-Blanc, où ma femme devait être logée dans un hôtel à moi ! Bah ! la rue du Mont-Blanc était devenue la rue de la Chaussée-d'Antin. Je n'y vis plus mon hôtel, il avait été vendu, démoli. Des spéculateurs avaient bâti plusieurs maisons dans mes jardins. Ignorant que ma femme fût mariée à monsieur Ferraud, je ne pouvais obtenir aucun renseignement. Enfin je me rendis chez un vieil avocat qui jadis était chargé de mes affaires. Le bonhomme était mort après avoir cédé sa clientèle à un jeune homme. Celui-ci m'apprit, à mon grand étonnement, l'ouverture de ma succession, sa liquidation, le mariage de ma femme et la naissance de ses deux enfants. Quand je lui dis être le colonel Chabert, il se mit à rire si franchement que je le quittai sans lui faire la moindre observation. Ma détention de Stuttgart me fit songer à Charenton, et je résolus d'agir avec prudence. Alors, monsieur, sachant où demeurait ma femme, je m'acheminai vers son hôtel, le cœur plein d'espoir. Eh bien, dit le colonel avec un mouvement de rage concentrée, je n'ai pas été reçu lorsque je me fis annoncer sous un nom d'emprunt, et le jour où je pris le mien je fus consigné à sa porte. Pour voir la comtesse rentrant du bal ou du spectacle, au matin, je suis resté pendant des nuits entières collé contre la borne de sa porte cochère. Mon regard plongeait dans cette voiture qui passait devant mes yeux avec la rapidité de l'éclair, et où j'entrevoyais à peine cette femme qui est mienne et qui n'est plus à moi ! Oh ! dès ce jour j'ai vécu pour la vengeance, s'écria le vieillard d'une voix sourde en se dressant tout à coup devant Derville. Elle sait que j'existe ; elle a reçu de moi, depuis mon retour, deux lettres écrites par moi-même. Elle ne m'aime plus ! Moi, j'ignore si je l'aime ou si je la déteste ! Je la désire et la maudis tour à tour. Elle me doit sa fortune, son bonheur ; eh bien, elle ne m'a pas seulement fait parvenir le plus léger secours ! Par moments je ne sais plus que devenir ! »

À ces mots, le vieux soldat retomba sur sa chaise, et redevint immobile. Derville resta silencieux, occupé à contempler son client.

« L'affaire est grave, dit-il enfin machinalement. Même en admettant l'authenticité des pièces qui doivent se trouver à Heilsberg, il ne m'est pas prouvé que nous puissions triompher tout d'abord. Le procès ira successivement devant trois tribunaux. Il faut réfléchir à tête reposée sur une semblable cause, elle est tout exceptionnelle.

– Oh ! répondit froidement le colonel en relevant la tête par un mouvement de fierté, si je succombe, je saurai mourir, mais en compagnie. »

Là, le vieillard avait disparu. Les yeux de l'homme énergique brillaient rallumés aux feux du désir et de la vengeance.

« Il faudra peut-être transiger, dit l'avoué.

– Transiger, répéta le colonel Chabert. Suis-je mort ou suis-je vivant ?

– Monsieur, reprit l'avoué, vous suivrez, je l'espère, mes conseils. Votre cause sera ma cause. Vous vous apercevrez bientôt de l'intérêt que je prends à votre situation, presque sans exemple dans les fastes judiciaires. En attendant, je vais vous donner un mot pour mon notaire, qui vous remettra, sur votre quittance, cinquante francs tous les dix jours. Il ne serait pas convenable que vous vinssiez chercher ici des secours. Si vous êtes le colonel Chabert, vous ne devez être à la merci de personne. Je donnerai à ces avances la forme d'un prêt. Vous avez des biens à recouvrer, vous êtes riche. »

Cette dernière délicatesse arracha des larmes au vieillard. Derville se leva brusquement, car il n'était peut-être pas de coutume qu'un avoué parût s'émouvoir ; il passa dans son cabinet, d'où il revint avec une lettre non cachetée qu'il remit au comte Chabert. Lorsque le pauvre homme la tint entre ses doigts, il sentit deux pièces d'or à travers le papier.

« Voulez-vous me désigner les actes, me donner le nom de la ville, du royaume ? » dit l'avoué.

Le colonel dicta les renseignements en vérifiant l'orthographe des noms de lieux ; puis, il prit son chapeau d'une main, regarda Derville, lui tendit l'autre main, une main calleuse, et lui dit d'une voix simple : « Ma foi, monsieur, après l'Empereur, vous êtes l'homme auquel je devrai le plus ! Vous êtes *un brave*. »

L'avoué frappa dans la main du colonel, le reconduisit jusque sur l'escalier et l'éclaira.

« Boucard, dit Derville à son Maître clerc, je viens d'entendre une histoire qui me coûtera peut-être vingt-cinq louis. Si je suis volé, je ne regretterai pas mon argent, j'aurai vu le plus habile comédien de notre époque. »

Quand le colonel se trouva dans la rue et devant un réverbère, il retira de la lettre les deux pièces de vingt francs que l'avoué lui avait données, et les regarda pendant un moment à la lumière. Il revoyait de l'or pour la première fois depuis neuf ans.

« Je vais donc pouvoir fumer des cigares », se dit-il.

Environ trois mois après cette consultation nuitamment faite par le colonel Chabert chez Derville, le notaire chargé de payer la demi-solde que l'avoué faisait à son singulier client vint le voir pour conférer sur une affaire grave, et commença par lui réclamer six cents francs donnés au vieux militaire.

« Tu t'amuses donc à entretenir l'ancienne armée ? lui dit en riant ce notaire nommé Crottat, jeune homme qui venait d'acheter l'étude où il était Maître clerc, et dont le patron venait de prendre la fuite en faisant une épouvantable faillite.

– Je te remercie, mon cher maître, répondit Derville, de me rappeler cette affaire-là. Ma philanthropie n'ira pas au-delà de vingt-cinq louis, je

crains déjà d'avoir été la dupe de mon patrio-
tisme. »

Au moment où Derville achevait sa phrase, il
vit sur son bureau les paquets que son Maître
clerc y avait mis. Ses yeux furent frappés à
l'aspect des timbres oblongs, carrés, triangu-
laires, rouges, bleus, apposés sur une lettre par
les postes prussienne, autrichienne, bavaroise et
française.

« Ah ! dit-il en riant, voici le dénouement de la
comédie, nous allons voir si je suis attrapé. » Il
prit la lettre et l'ouvrit, mais il n'y put rien lire,
elle était écrite en allemand. « Boucard, allez
vous-même faire traduire cette lettre, et revenez
promptement », dit Derville en entrouvrant la
porte de son cabinet et tendant la lettre à son
Maître clerc.

Le notaire de Berlin auquel s'était adressé
l'avoué lui annonçait que les actes dont les expédi-
tions étaient demandées lui parviendraient
quelques jours après cette lettre d'avis. Les pièces
étaient, disait-il, parfaitement en règle, et revêtues
des légalisations nécessaires pour faire foi en justice. En outre, il lui mandait que presque tous les
témoins des faits consacrés par les procès-verbaux existaient à Prussich-Eylau ; et que la femme
à laquelle monsieur le comte Chabert devait la vie
vivait encore dans un des faubourgs d'Heilsberg.

« Ceci devient sérieux », s'écria Derville quand
Boucard eut fini de lui donner la substance de la
lettre. « Mais, dis donc, mon petit, reprit-il en
s'adressant au notaire, je vais avoir besoin de ren-

seignements qui doivent être en ton étude. N'est-ce pas chez ce vieux fripon de Roguin...

– Nous disons l'infortuné, le malheureux Roguin, reprit Me Alexandre Crottat en riant et interrompant Derville.

– N'est-ce pas chez cet infortuné qui vient d'emporter huit cent mille francs à ses clients et de réduire plusieurs familles au désespoir, que s'est faite la liquidation de la succession Chabert ? Il me semble que j'ai vu cela dans nos pièces Ferraud.

– Oui, répondit Crottat, j'étais alors troisième clerc, je l'ai copiée et bien étudiée, cette liquidation. Rose Chapotel, épouse et veuve de Hyacinthe, dit Chabert, comte de l'Empire, grand-officier de la Légion d'honneur ; ils s'étaient mariés sans contrat, ils étaient donc communs en biens. Autant que je puis m'en souvenir, l'actif s'élevait à six cent mille francs. Avant son mariage, le comte Chabert avait fait un testament en faveur des hospices de Paris, par lequel il leur attribuait le quart de la fortune qu'il posséderait au moment de son décès, le domaine héritait de l'autre quart. Il y a eu licitation, vente et partage, parce que les avoués sont allés bon train. Lors de la liquidation, le monstre qui gouvernait alors la France a rendu par un décret la portion du fisc à la veuve du colonel.

– Ainsi la fortune personnelle du comte Chabert ne se monterait donc qu'à trois cent mille francs.

– Par conséquent, mon vieux ! répondit Crottat. Vous avez parfois l'esprit juste, vous autres avoués, quoiqu'on vous accuse de vous le fausser en plaidant aussi bien le Pour que le Contre. »

Le comte Chabert, dont l'adresse se lisait au bas de la première quittance que lui avait remise le notaire, demeurait dans le faubourg Saint-Marceau, rue du Petit-Banquier, chez un vieux maréchal des logis de la garde impériale, devenu nourrisseur, et nommé Vergniaud. Arrivé là, Derville fut forcé d'aller à pied à la recherche de son client ; car son cocher refusa de s'engager dans une rue non pavée et dont les ornières étaient un peu trop profondes pour les roues d'un cabriolet. En regardant de tous les côtés, l'avoué finit par trouver, dans la partie de cette rue qui avoisine le boulevard, entre deux murs bâtis avec des ossements et de la terre, deux mauvais pilastres en moellons, que le passage des voitures avait ébréchés, malgré deux morceaux de bois placés en forme de bornes. Ces pilastres soutenaient une poutre couverte d'un chaperon en tuiles, sur laquelle ces mots étaient écrits en rouge : VERGNIAUD, NOURICEURE. À droite de ce nom, se voyaient des œufs, et à gauche une vache, le tout peint en blanc. La porte était ouverte et restait sans doute ainsi pendant toute la journée. Au fond d'une cour assez spacieuse, s'élevait, en face de la porte, une maison, si toutefois ce nom convient à l'une de ces masures bâties dans les faubourgs de Paris, et qui ne sont comparables à rien, pas même aux plus chétives habitations de la campagne, dont elles ont la misère sans en avoir la poésie. En effet, au milieu des champs, les cabanes ont encore une grâce que leur donnent la pureté de l'air, la verdure, l'aspect des champs, une colline, un chemin tortueux, des vignes, une haie vive, la mousse des chaumes, et les ustensiles champêtres ; mais à Paris la misère ne se grandit que par son horreur. Quoique récemment construite, cette maison semblait près de tomber en ruine. Aucun des matériaux n'y avait eu sa vraie destination, ils provenaient tous des démolitions qui se font journellement dans Paris. Derville lut sur un volet fait avec les planches d'une enseigne : *Magasin de nouveautés*. Les fenêtres ne se ressemblaient point entre elles et se trouvaient bizarrement placées. Le rez-de-chaussée, qui paraissait être la partie habitable, était exhaussé d'un côté, tandis que de l'autre les chambres étaient enterrées par une éminence. Entre la porte et la maison s'étendait une mare pleine de fumier où coulaient les eaux pluviales et ménagères. Le mur sur lequel s'appuyait ce chétif logis, et qui paraissait être plus solide que les autres, était garni de cabanes grillagées où de vrais lapins faisaient leurs nombreuses familles. À droite de la porte cochère se trouvait la vacherie surmontée d'un grenier à fourrages, et qui communiquait à la maison par une laiterie. À gauche étaient une basse-cour, une écurie et un toit à cochons qui avait été fini, comme celui de la maison, en mauvaises planches de bois blanc clouées les unes sur les autres, et mal recouvertes avec du jonc. Comme presque tous les endroits où se cuisinent les éléments du grand repas que Paris dévore chaque jour, la cour dans laquelle Derville mit le pied offrait les traces de la précipitation voulue par la nécessité d'arriver à heure fixe. Ces grands vases de fer-blanc bossués dans lesquels se transporte le lait, et les pots qui contiennent la crème, étaient jetés pêle-mêle devant la laiterie, avec leurs bouchons de linge. Les loques trouées qui servaient à les essuyer flottaient au soleil étendues sur des ficelles attachées à des piquets. Ce cheval pacifique, dont la race ne se trouve que chez les laitières, avait fait quelques pas en avant de sa charrette et restait devant l'écurie, dont la porte était fermée. Une chèvre broutait le pampre de la vigne grêle et poudreuse qui garnissait le mur jaune et lézardé de la maison. Un chat était accroupi sur les pots à crème et les léchait. Les poules, effarouchées à l'approche de Derville, s'envolèrent en criant, et le chien de garde aboya.

« L'homme qui a décidé le gain de la bataille d'Eylau serait là ! » se dit Derville en saisissant d'un seul coup d'œil l'ensemble de ce spectacle ignoble.

La maison était restée sous la protection de trois gamins. L'un, grimpé sur le faîte d'une charrette chargée de fourrage vert, jetait des pierres dans un tuyau de cheminée de la maison voisine, espérant qu'elles y tomberaient dans la marmite. L'autre essayait d'amener un cochon sur le plancher de la charrette qui touchait à terre, tandis que le troisième pendu à l'autre bout attendait que le cochon y fût placé pour l'enlever en faisant faire la bascule à la charrette. Quand Derville leur demanda si c'était bien là que demeurait monsieur Chabert, aucun ne répondit, et tous trois le regardèrent avec une stupidité spirituelle, s'il est permis d'allier ces deux mots. Derville réitéra ses questions sans succès. Impatienté par l'air narquois des trois drôles, il leur dit de ces injures plaisantes que les jeunes gens se croient le droit d'adresser aux enfants, et les gamins rompirent le silence par un rire brutal. Derville se fâcha. Le colonel, qui l'entendit, sortit d'une petite chambre basse située près de la laiterie et apparut sur le seuil de sa porte avec un flegme militaire inexprimable. Il avait à la bouche une de ces pipes notablement *culottées* (expression technique des fumeurs), une de ces humbles pipes de terre blanche nommées des *brûle-gueule*. Il leva la visière d'une casquette horriblement crasseuse, aperçut Derville et traversa le fumier, pour venir plus promptement à son bienfaiteur, en criant d'une voix amicale aux gamins : « Silence dans les rangs ! » Les enfants gardèrent aussitôt un silence respectueux qui annonçait l'empire exercé sur eux par le vieux soldat.

« Pourquoi ne m'avez-vous pas écrit ? dit-il à Derville. Allez le long de la vacherie ! Tenez, là, le chemin est pavé », s'écria-t-il en remarquant l'indécision de l'avoué qui ne voulait pas se mouiller les pieds dans le fumier.

En sautant de place en place, Derville arriva sur le seuil de la porte par où le colonel était sorti. Chabert parut désagréablement affecté d'être obligé de le recevoir dans la chambre qu'il occupait. En effet, Derville n'y aperçut qu'une seule chaise. Le lit du colonel consistait en quelques bottes de paille sur lesquelles son hôtesse avait étendu deux ou trois lambeaux de ces vieilles tapisseries, ramassées je ne sais où, qui servent aux laitières à garnir les bancs de leurs charrettes. Le plancher était tout simplement en terre battue. Les murs salpêtrés, verdâtres et fendus répandaient une si forte humidité, que le mur contre lequel couchait le colonel était tapissé d'une natte en jonc. Le fameux carrick pendait à un clou. Deux mauvaises paires de bottes gisaient dans un coin. Nul vestige de linge. Sur la table vermoulue, les *Bulletins de la Grande Armée* réimprimés par Plancher étaient ouverts, et paraissaient être la lecture du colonel, dont la physionomie était calme et sereine au milieu de cette misère. Sa visite chez Derville semblait avoir changé le caractère de ses traits, où l'avoué trouva les traces d'une pensée heureuse, une lueur particulière qu'y avait jetée l'espérance.

« La fumée de la pipe vous incommode-t-elle ? dit-il, en tendant à son avoué la chaise à moitié dépaillée.

– Mais, colonel, vous êtes horriblement mal ici. »

Cette phrase fut arrachée à Derville par la défiance naturelle aux avoués, et par la déplorable expérience que leur donnent de bonne heure les épouvantables drames inconnus auxquels ils assistent.

« Voilà, se dit-il, un homme qui aura certainement employé mon argent à satisfaire les trois vertus théologales du troupier : le jeu, le vin et les femmes !

– C'est vrai, monsieur, nous ne brillons pas ici par le luxe. C'est un bivouac tempéré par l'amitié, mais... » Ici le soldat lança un regard profond à l'homme de loi. « Mais, je n'ai fait de tort à personne, je n'ai jamais repoussé personne, et je dors tranquille. »

L'avoué songea qu'il y aurait peu de délicatesse à demander compte à son client des sommes qu'il lui avait avancées, et il se contenta de lui dire : « Pourquoi n'avez-vous donc pas voulu venir dans Paris où vous auriez pu vivre aussi peu chèrement que vous vivez ici, mais où vous auriez été mieux ?

– Mais, répondit le colonel, les braves gens chez lesquels je suis m'avaient recueilli, nourri *gratis* depuis un an ! comment les quitter au moment où j'avais un peu d'argent ? Puis le père de ces trois gamins est un vieux *égyptien*...

– Comment, un égyptien ?

– Nous appelons ainsi les troupiers qui sont revenus de l'expédition d'Égypte de laquelle j'ai fait partie. Non seulement tous ceux qui en sont revenus sont un peu frères, mais Vergniaud était alors dans mon régiment, nous avions partagé de l'eau dans le désert. Enfin, je n'ai pas encore fini d'apprendre à lire à ses marmots.

– Il aurait bien pu vous mieux loger, pour votre argent, lui.

– Bah ! dit le colonel, ses enfants couchent comme moi sur la paille ! Sa femme et lui n'ont pas un lit meilleur, ils sont bien pauvres, voyez-vous ? ils ont pris un établissement au-dessus de leurs forces. Mais si je recouvre ma fortune !... Enfin, suffit !

– Colonel, je dois recevoir demain ou après vos actes d'Heilsberg. Votre libératrice vit encore !

– Sacré argent ! Dire que je n'en ai pas ! » s'écria-t-il en jetant par terre sa pipe.

Une pipe *culottée* est une pipe précieuse pour un fumeur ; mais ce fut par un geste si naturel, par un mouvement si généreux, que tous les fumeurs et même la Régie lui eussent pardonné ce crime de lèse-tabac. Les anges auraient peut-être ramassé les morceaux.

« Colonel, votre affaire est excessivement compliquée, lui dit Derville en sortant de la chambre pour s'aller promener au soleil le long de la maison.

– Elle me paraît, dit le soldat, parfaitement simple. L'on m'a cru mort, me voilà ! Rendez-moi ma femme et ma fortune ; donnez-moi le grade de général auquel j'ai droit, car j'ai passé colonel dans la garde impériale, la veille de la bataille d'Eylau.

– Les choses ne vont pas ainsi dans le monde judiciaire, reprit Derville. Écoutez-moi. Vous êtes le comte Chabert, je le veux bien, mais il s'agit de le prouver judiciairement à des gens qui vont avoir intérêt à nier votre existence. Ainsi, vos actes seront discutés. Cette discussion entraînera dix ou douze questions préliminaires. Toutes iront contradictoirement jusqu'à la cour suprême, et constitueront autant de procès coûteux, qui traîneront en longueur, quelle que soit l'activité que j'y mette. Vos adversaires demanderont une enquête à laquelle nous ne pourrons pas nous refuser, et qui nécessitera peut-être une commission rogatoire en Prusse. Mais supposons tout au mieux : admettons qu'il soit reconnu promptement par la justice que vous êtes le colonel Chabert. Savons-nous comment sera jugée la question soulevée par la bigamie fort innocente de la comtesse Ferraud ? Dans votre cause, le point de droit est en dehors du code, et ne peut être jugé par les juges que suivant les lois de la conscience, comme fait le jury dans les questions délicates que présentent les bizarreries sociales de quelques procès criminels. Or, vous n'avez pas eu d'enfants de votre mariage, et M. le comte Ferraud en a deux du sien, les juges peuvent déclarer nul le mariage où se rencontrent les liens les plus faibles, au profit du mariage qui en comporte de plus forts, du moment où il y a eu bonne foi chez les contractants. Serez-vous dans une position morale bien belle, en voulant *mordicus* avoir à votre âge et dans les circonstances où vous vous trouvez une femme qui ne vous aime plus ? Vous aurez contre vous votre femme et son mari, deux personnes puissantes qui pourront influencer les tribunaux. Le procès a donc des éléments de durée. Vous aurez le temps de vieillir dans les chagrins les plus cuisants.

– Et ma fortune ?

– Vous vous croyez donc une grande fortune ?

– N'avais-je pas trente mille livres de rente ?

– Mon cher colonel, vous aviez fait, en 1799, avant votre mariage, un testament qui léguait le quart de vos biens aux hospices.

– C'est vrai.

– Eh bien, vous censé mort, n'a-t-il pas fallu procéder à un inventaire, à une liquidation afin de donner ce quart aux hospices ? Votre femme ne s'est pas fait scrupule de tromper les pauvres. L'inventaire, où sans doute elle s'est bien gardée de mentionner l'argent comptant, les pierreries, où elle aura produit peu d'argenterie, et où le mobilier a été estimé à deux tiers au-dessous du prix réel, soit pour la favoriser, soit pour payer moins de droits au fisc, et aussi parce que les commissaires-priseurs sont responsables de leurs estimations, l'inventaire ainsi fait a établi six cent mille francs de valeurs. Pour sa part, votre veuve avait droit à la moitié. Tout a été vendu, racheté par elle, elle a bénéficié sur tout, et les hospices ont eu leurs soixante-quinze mille francs. Puis, comme le fisc héritait de vous, attendu que vous n'aviez pas fait mention de votre femme dans votre testament, l'Empereur a rendu par un décret à votre veuve la portion qui revenait au domaine public. Maintenant, à quoi avez-vous droit ? à trois cent mille francs seulement, moins les frais.

– Et vous appelez cela la justice ? dit le colonel ébahi.

– Mais, certainement...

– Elle est belle.

– Elle est ainsi, mon pauvre colonel. Vous voyez que ce que vous avez cru facile ne l'est pas. Mme Ferraud peut même vouloir garder la portion qui lui a été donnée par l'Empereur.

– Mais elle n'était pas veuve, le décret est nul...

– D'accord. Mais tout se plaide. Écoutez-moi. Dans ces circonstances, je crois qu'une transaction serait, et pour vous et pour elle, le meilleur dénouement du procès. Vous y gagnerez une fortune plus considérable que celle à laquelle vous auriez droit.

– Ce serait vendre ma femme !

– Avec vingt-quatre mille francs de rente, vous aurez, dans la position où vous vous trouvez, des femmes qui vous conviendront mieux que la vôtre, et qui vous rendront plus heureux. Je compte aller voir aujourd'hui même Mme la comtesse Ferraud afin de sonder le terrain ; mais je n'ai pas voulu faire cette démarche sans vous en prévenir.

– Allons ensemble chez elle...

– Fait comme vous êtes ? dit l'avoué. Non, non, colonel, non. Vous pourriez y perdre tout à fait votre procès...

– Mon procès est-il gagnable ?

– Sur tous les chefs, répondit Derville. Mais, mon cher colonel Chabert, vous ne faites pas attention à une chose. Je ne suis pas riche, ma charge n'est pas entièrement payée. Si les tribunaux vous accordent une *provision*, c'est-à-dire une somme à prendre par avance sur votre fortune, ils ne l'accorderont qu'après avoir reconnu vos qualités de comte Chabert, grand-officier de la Légion d'honneur.

– Tiens, je suis grand-officier de la Légion, je n'y pensais plus, dit-il naïvement.

– Eh bien, jusque-là, reprit Derville, ne faut-il pas plaider, payer des avocats, lever et solder les jugements, faire marcher des huissiers, et vivre ? les frais des instances préparatoires se monteront, à vue de nez, à plus de douze ou quinze mille francs. Je ne les ai pas, moi qui suis écrasé par les intérêts énormes que je paye à celui qui m'a prêté l'argent de ma charge. Et vous ! où les trouverez-vous ? »

De grosses larmes tombèrent des yeux flétris du pauvre soldat et roulèrent sur ses joues ridées. À l'aspect de ces difficultés, il fut découragé. Le monde social et judiciaire lui pesait sur la poitrine comme un cauchemar.

« J'irai, s'écria-t-il, au pied de la colonne de la place Vendôme, je crierai là : "Je suis le colonel Chabert qui a enfoncé le grand carré des Russes à Eylau !" Le bronze, lui ! me reconnaîtra.

– Et l'on vous mettra sans doute à Charenton. »

À ce nom redouté, l'exaltation du militaire tomba.

« N'y aurait-il donc pas pour moi quelques chances favorables au ministère de la Guerre ?

– Les bureaux ! dit Derville. Allez-y, mais avec un jugement bien en règle qui déclare nul votre acte de décès. Les bureaux voudraient pouvoir anéantir les gens de l'Empire. »

Le colonel resta pendant un moment interdit, immobile, regardant sans voir, abîmé dans un désespoir sans bornes. La justice militaire est franche, rapide, elle décide à la turque, et juge presque toujours bien ; cette justice était la seule que connût Chabert. En apercevant le dédale de difficultés où il fallait s'engager, en voyant combien il fallait d'argent pour y voyager, le pauvre soldat reçut un coup mortel dans cette puissance particulière à l'homme et que l'on nomme la *volonté*. Il lui parut impossible de vivre en plaidant, il fut pour lui mille fois plus simple de rester pauvre, mendiant, de s'engager comme cavalier si quelque régiment voulait de lui. Ses souffrances physiques et morales lui avaient déjà vicié le corps dans quelques-uns des organes les plus importants. Il touchait à l'une de ces maladies pour lesquelles la médecine n'a pas de nom, dont le siège est en quelque sorte mobile comme l'appareil nerveux qui paraît le plus attaqué parmi tous ceux de notre machine, affection qu'il faudrait nommer le *spleen* du malheur. Quelque grave que fût déjà ce mal invisible, mais réel, il était encore guérissable par une heureuse conclusion. Pour ébranler tout à fait cette vigoureuse organisation, il suffirait d'un obstacle nouveau, de quelque fait imprévu qui en romprait les ressorts affaiblis et produirait ces hésitations, ces actes incompris, incomplets, que les physiologistes observent chez les êtres ruinés par les chagrins.

En reconnaissant alors les symptômes d'un profond abattement chez son client, Derville lui dit : « Prenez courage, la solution de cette affaire ne peut que vous être favorable. Seulement, examinez si vous pouvez me donner toute votre confiance, et accepter aveuglément le résultat que je croirai le meilleur pour vous.

– Faites comme vous voudrez, dit Chabert.

– Oui, mais vous vous abandonnez à moi comme un homme qui marche à la mort ?

– Ne vais-je pas rester sans état, sans nom ? Est-ce tolérable ?

– Je ne l'entends pas ainsi, dit l'avoué. Nous poursuivrons à l'amiable un jugement pour annuler votre acte de décès et votre mariage, afin que vous repreniez vos droits. Vous serez même, par l'influence du comte Ferraud, porté sur les cadres de l'armée comme général, et vous obtiendrez sans doute une pension.

– Allez donc ! répondit Chabert, je me fie entièrement à vous.

– Je vous enverrai donc une procuration à signer, dit Derville. Adieu, bon courage ! S'il vous faut de l'argent, comptez sur moi. »

Chabert serra chaleureusement la main de Derville, et resta le dos appuyé contre la muraille, sans avoir la force de le suivre autrement que des yeux. Comme tous les gens qui comprennent peu les affaires judiciaires, il s'effrayait de cette lutte imprévue. Pendant cette conférence, à plusieurs reprises, il s'était avancé, hors d'un pilastre de la porte cochère, la figure d'un homme posté dans la rue pour guetter la sortie de Derville, et qui l'accosta quand il sortit. C'était un vieux homme vêtu d'une veste bleue, d'une cotte blanche plissée semblable à celle des brasseurs, et qui portait sur la tête une casquette de loutre. Sa figure était brune, creusée, ridée, mais rougie sur les pommettes par l'excès du travail et hâlée par le grand air.

« Excusez, monsieur, dit-il à Derville en l'arrêtant par le bras, si je prends la liberté de vous parler, mais je me suis douté, en vous voyant, que vous étiez l'ami de notre général.

– Eh bien ? dit Derville, en quoi vous intéressez-vous à lui ? Mais qui êtes-vous ? reprit le défiant avoué.

– Je suis Louis Vergniaud, répondit-il d'abord. Et j'aurais deux mots à vous dire.

– Et c'est vous qui avez logé le comte Chabert comme il l'est ?

– Pardon, excuse, monsieur, il a la plus belle chambre. Je lui aurais donné la mienne, si je n'en avais eu qu'une. J'aurais couché dans l'écurie. Un homme qui a souffert comme lui, qui apprend à lire à mes *mioches*, un général, un égyptien, le premier lieutenant sous lequel j'ai servi... faudrait voir ? Du tout, il est le mieux logé. J'ai partagé avec lui ce que j'avais. Malheureusement ce n'était pas grand-chose, du pain, du lait, des œufs ; enfin à la guerre comme à la guerre ! C'est de bon cœur. Mais il nous a vexés.

– Lui ?

– Oui, monsieur, vexés, là ce qui s'appelle en plein. J'ai pris un établissement au-dessus de mes forces, il le voyait bien. Ça vous le contrariait, et il pansait le cheval ! Je lui dis : "Mais, mon général ? – Bah ! qui dit, je ne veux pas être comme un fainéant, et il y a longtemps que je sais brosser le lapin." J'avais donc fait des billets pour le prix de ma vacherie à un nommé Grados... Le connaissez-vous, monsieur ?

– Mais, mon cher, je n'ai pas le temps de vous écouter. Seulement dites-moi comment le colonel vous a vexés !

– Il nous a vexés, monsieur, aussi vrai que je m'appelle Louis Vergniaud et que ma femme en a pleuré. Il a su par les voisins que nous n'avions pas le premier sou de notre billet. Le vieux grognard, sans rien dire, a amassé tout ce que vous lui donniez, a guetté le billet et l'a payé. C'te malice ! Que ma femme et moi nous savions qu'il n'avait pas de tabac, ce pauvre vieux, et qu'il s'en passait ! Oh ! maintenant, tous les matins il a ses cigares ! Je me vendrais plutôt... Non ! nous sommes vexés. Donc, je voudrais vous proposer de nous prêter, vu qu'il nous a dit que vous étiez un brave homme, une centaine d'écus sur notre établissement, afin que nous lui fassions faire des habits, que nous lui meublions sa chambre. Il a cru nous acquitter, pas vrai ? Eh bien, au contraire, voyez-vous, l'ancien nous a endettés... et vexés ! Il ne devait pas nous faire cette avanie-là. Il nous a vexés ! et des amis, encore ! Foi d'honnête homme, aussi vrai que je m'appelle Louis Vergniaud, je m'engagerais plutôt que de ne pas vous rendre cet argent-là... »

Derville regarda le nourrisseur, et fit quelques pas en arrière pour revoir la maison, la cour, les fumiers, l'étable, les lapins, les enfants.

« Par ma foi, je crois qu'un des caractères de la vertu est de ne pas être propriétaire, se dit-il. Va, tu auras tes cent écus ! et plus même. Mais ce ne sera pas moi qui te les donnerai, le colonel sera bien assez riche pour t'aider, et je ne veux pas lui en ôter le plaisir.

– Ce sera-t-il bientôt ?

– Mais oui.

– Ah ! mon Dieu, que mon épouse va-t-être contente ! »

Et la figure tannée du nourrisseur sembla s'épanouir.

« Maintenant, se dit Derville en remontant dans son cabriolet, allons chez notre adversaire. Ne laissons pas voir notre jeu, tâchons de connaître le sien, et gagnons la partie d'un seul coup. Il faudrait l'effrayer ? Elle est femme. De quoi s'effraient le plus les femmes ? Mais les femmes ne s'effraient que de... »

Il se mit à étudier la position de la comtesse, et tomba dans une de ces méditations auxquelles se livrent les grands politiques en concevant leurs plans, en tâchant de deviner le secret des cabinets ennemis. Les avoués ne sont-ils pas en quelque sorte des hommes d'État chargés des affaires privées ? Un coup d'œil jeté sur la situation de M. le comte Ferraud et de sa femme est ici nécessaire pour faire comprendre le génie de l'avoué.

M. le comte Ferraud était le fils d'un ancien Conseiller au Parlement de Paris, qui avait émigré pendant le temps de la Terreur, et qui, s'il sauva sa tête, perdit sa fortune. Il rentra sous le Consulat et resta constamment fidèle aux intérêts de Louis XVIII, dans les entours duquel était son père avant la révolution. Il appartenait donc à cette partie du faubourg Saint-Germain qui résista noblement aux séductions de Napoléon. La réputation de capacité que se fit le jeune comte, alors simplement appelé M. Ferraud, le rendit l'objet des coquetteries de l'Empereur, qui souvent était aussi heureux de ses conquêtes sur l'aristocratie que du gain d'une bataille. On promit au comte la restitution de son titre, celle de ses biens non vendus, on lui montra dans le lointain un ministère, une sénatorerie. L'Empereur échoua. M. Ferraud était, lors de la mort du comte Chabert, un jeune homme de vingt-six ans, sans fortune, doué de formes agréables, qui avait des succès et que le faubourg Saint-Germain avait adopté comme une de ses gloires ; mais Mme la comtesse Chabert avait su tirer un si bon parti de la succession de son mari, qu'après dix-huit mois de veuvage elle possédait environ quarante mille livres de rente. Son mariage avec le jeune comte ne fut pas accepté comme une nouvelle par les coteries du faubourg Saint-Germain. Heureux de ce mariage qui répondait à ses idées de fusion, Napoléon rendit à Mme Chabert la portion dont héritait le fisc dans la succession du colonel ; mais l'espérance de Napoléon fut encore trompée. Mme Ferraud n'aimait pas seulement son amant dans le jeune homme, elle avait été séduite aussi par l'idée d'entrer dans cette société dédaigneuse qui, malgré son abaissement, dominait la cour impériale. Toutes ses vanités étaient flattées autant que ses passions dans ce mariage. Elle allait devenir une *femme comme il faut*. Quand le faubourg Saint-Germain sut que le mariage du jeune comte n'était pas une défection, les salons s'ouvrirent à sa femme. La Restauration vint. La fortune politique du comte Ferraud ne fut pas rapide. Il comprenait les exigences de la position dans laquelle se trouvait Louis XVIII, il était du nombre des initiés qui attendaient *que l'abîme des révolutions fût fermé*, car cette phrase royale, dont se moquèrent tant les libéraux, cachait un sens politique. Néanmoins, l'ordonnance citée dans la longue phase cléricale qui commence cette histoire lui avait rendu deux forêts et une terre dont la valeur avait considérablement augmenté pendant le séquestre. En ce moment, quoique le comte Ferraud fût conseiller d'État, directeur général, il ne considérait sa position que comme le début de sa fortune politique. Préoccupé par les soins d'une ambition dévorante, il s'était attaché comme secrétaire un ancien avoué ruiné nommé Delbecq, homme plus qu'habile, qui connaissait admirablement les ressources de la chicane, et auquel il laissait la conduite de ses affaires privées. Le rusé praticien avait assez bien compris sa position chez le comte pour y être probe par spéculation. Il espérait parvenir à quelque place par le crédit de son patron, dont la fortune était l'objet de tous ses soins. Sa conduite démentait tellement sa vie antérieure qu'il passait pour un homme calomnié. Avec le tact et la finesse dont sont plus ou moins douées toutes les femmes, la comtesse, qui avait deviné son intendant, le surveillait adroitement, et savait si bien le manier, qu'elle en avait déjà tiré un très bon parti pour l'augmentation de sa fortune particulière. Elle avait su persuader à Delbecq qu'elle gouvernait M. Ferraud, et lui avait promis de le faire nommer président d'un tribunal de première instance dans l'une des plus importantes villes de France, s'il se dévouait entièrement à ses intérêts. La promesse d'une place inamovible qui lui permettrait de se marier avantageusement et de conquérir plus tard une haute position dans la carrière politique en devenant député fit de Delbecq l'âme damnée de la comtesse. Il ne lui avait laissé manquer aucune des chances favorables que les mouvements de Bourse et la hausse des propriétés présentèrent dans Paris aux gens habiles pendant les trois premières années de la Restauration. Il avait triplé les capitaux de sa protectrice, avec d'autant plus de facilité que tous les moyens avaient paru bons à la comtesse afin de rendre promptement sa fortune énorme. Elle employait les émoluments des places occupées par le comte aux dépenses de la maison, afin de pouvoir capitaliser ses revenus, et Delbecq se prêtait aux calculs de cette avarice sans chercher à s'en expliquer les motifs. Ces sortes de gens ne s'inquiètent que des secrets dont la découverte est nécessaire à leurs intérêts. D'ailleurs il en trouvait si naturellement la raison dans cette soif d'or dont sont atteintes la plupart des Parisiennes, et il fallait une si grande fortune pour appuyer les prétentions du comte Ferraud, que l'intendant croyait parfois entrevoir dans l'avidité de la comtesse un effet de son dévouement pour l'homme de qui elle était toujours éprise. La comtesse avait enseveli les secrets de sa conduite au fond de son cœur. Là étaient des secrets de vie et de mort pour elle, là était précisément le nœud de cette histoire. Au commencement de l'année 1818, la Restauration fut assise sur des bases en apparence inébranlables, ses doctrines gouvernementales, comprises par les esprits élevés, leur parurent devoir amener pour la France une ère de prospérité nouvelle, alors la société parisienne changea de face. Mme la comtesse Ferraud se trouva par hasard avoir fait tout ensemble un mariage d'amour, de fortune et d'ambition. Encore jeune et belle, Mme Ferraud joua le rôle d'une femme à la mode, et vécut dans l'atmosphère de la cour. Riche par elle-même, riche par son mari, qui, prôné comme un des hommes les plus capables du parti royaliste et l'ami du Roi, semblait promis à quelque ministère, elle appartenait à l'aristocratie, elle en partageait la splendeur. Au milieu de ce triomphe, elle fut atteinte d'un cancer moral. Il est de ces sentiments que les femmes devinent malgré le soin que les hommes mettent à les enfouir. Au premier retour du roi, le comte Ferraud avait conçu quelques regrets de son mariage. La veuve du colonel Chabert ne l'avait allié à personne, il était seul et sans appui pour se diriger dans une carrière pleine d'écueils et pleine d'ennemis. Puis, peut-être, quand il avait pu juger froidement sa femme, avait-il reconnu chez elle quelques vices d'éducation qui la rendaient impropre à le seconder dans ses projets. Un mot dit par lui à propos du mariage de Talleyrand éclaira la comtesse, à laquelle il fut prouvé que si son mariage était à faire, jamais elle n'eût été Mme Ferraud. Ce regret, quelle femme le pardonnerait ? Ne contient-il pas toutes les injures, tous les crimes, toutes les répudiations en germe ? Mais quelle plaie ne devait pas faire ce mot dans le cœur de la comtesse, si l'on vient à supposer qu'elle craignait de voir revenir son premier mari ! Elle l'avait su vivant, elle l'avait repoussé. Puis, pendant le temps où elle n'en avait plus entendu parler, elle s'était plu à le croire mort à Waterloo avec les aigles impériales en compagnie de Boutin. Néanmoins elle conçut d'attacher le comte à elle par le plus fort des liens, par la chaîne d'or, et voulut être si riche que sa fortune rendît son second mariage indissoluble, si par hasard le comte Chabert reparaissait encore. Et il avait reparu, sans qu'elle s'expliquât pourquoi la lutte qu'elle redoutait n'avait pas déjà commencé. Les souffrances, la maladie l'avaient peut-être délivrée de cet homme. Peut-être était-il à moitié fou, Charenton pouvait encore lui en faire raison. Elle n'avait pas voulu mettre Delbecq ni la police dans sa confidence, de peur de se donner un maître, ou de précipiter la catastrophe. Il existe à Paris beaucoup de femmes qui, semblables à la comtesse Ferraud, vivent avec un monstre moral inconnu, ou côtoient un abîme ; elles se font un calus à l'endroit de leur mal, et peuvent encore rire et s'amuser.

« Il y a quelque chose de bien singulier dans la situation de M. le comte Ferraud, se dit Derville en sortant de sa longue rêverie, au moment où son cabriolet s'arrêtait rue de Varenne, à la porte de l'hôtel Ferraud. Comment, lui si riche, aimé du Roi, n'est-il pas encore pair de France ? Il est vrai qu'il entre peut-être dans la politique du Roi, comme me le disait Mme de Grandlieu, de donner une haute importance à la pairie en ne la prodiguant pas. D'ailleurs, le fils d'un conseiller au Parlement n'est ni un Crillon, ni un Rohan. Le comte Ferraud ne peut entrer que subrepticement dans la chambre haute. Mais, si son mariage était cassé, ne pourrait-il faire passer sur sa tête, à la grande satisfaction du Roi, la pairie d'un de ces vieux sénateurs qui n'ont que des filles ? Voilà certes une bonne bourde à mettre en avant pour effrayer notre comtesse », se dit-il en montant le perron.

Derville avait, sans le savoir, mis le doigt sur la plaie secrète, enfoncé la main dans le cancer qui dévorait Mme Ferraud. Il fut reçu par elle dans une jolie salle à manger d'hiver, où elle déjeunait en jouant avec un singe attaché par une chaîne à une espèce de petit poteau garni de bâtons en fer. La comtesse était enveloppée dans un élégant peignoir, les boucles de ses cheveux, négligemment rattachés, s'échappaient d'un bonnet qui lui donnait un air mutin. Elle était fraîche et rieuse. L'argent, le vermeil, la nacre étincelaient sur la table, et il y avait autour d'elle des fleurs curieuses plantées dans de magnifiques vases en porcelaine. En voyant la femme du comte Chabert, riche de ses dépouilles, au sein du luxe, au faîte de la société, tandis que le malheureux vivait chez un pauvre nourrisseur au milieu des bestiaux, l'avoué se dit : « La morale de ceci est qu'une jolie femme ne voudra jamais reconnaître son mari, ni même son amant dans un homme en vieux carrick, en perruque de chiendent et en bottes percées. » Un sourire malicieux et mordant exprima les idées moitié philosophiques, moitié railleuses qui devaient venir à un homme si bien placé pour connaître le fond des choses, malgré les mensonges sous lesquels la plupart des familles parisiennes cachent leur existence.

« Bonjour, monsieur Derville, dit-elle en continuant à faire prendre du café au singe.

– Madame, dit-il brusquement, car il se choqua du ton léger avec lequel la comtesse lui avait dit : "Bonjour, monsieur Derville", je viens causer avec vous d'une affaire assez grave.

– J'en suis *désespérée*, M. le comte est absent...

– J'en suis enchanté, moi, madame. Il serait *désespérant* qu'il assistât à notre conférence. Je sais d'ailleurs, par Delbecq, que vous aimez à faire vos affaires vous-même sans en ennuyer M. le comte.

– Alors, je vais faire appeler Delbecq, dit-elle.

– Il vous serait inutile, malgré son habileté, reprit Derville. Écoutez, madame, un mot suffira pour vous rendre sérieuse. Le comte Chabert existe.

– Est-ce en disant de semblables bouffonneries que vous voulez me rendre sérieuse ? » dit-elle en partant d'un éclat de rire.

Mais la comtesse fut tout à coup domptée par l'étrange lucidité du regard fixe par lequel Derville l'interrogeait en paraissant lire au fond de son âme.

« Madame, répondit-il avec une gravité froide et perçante, vous ignorez l'étendue des dangers qui vous menacent. Je ne vous parlerai pas de l'incontestable authenticité des pièces, ni de la certitude des preuves qui attestent l'existence du comte Chabert. Je ne suis pas homme à me charger d'une mauvaise cause, vous le savez. Si vous vous opposez à notre inscription en faux contre l'acte de décès, vous perdrez ce premier procès, et cette question résolue en notre faveur nous fait gagner toutes les autres.

– De quoi prétendez-vous donc me parler ?

– Ni du colonel, ni de vous. Je ne vous parlerai pas non plus des mémoires que pourraient faire des avocats spirituels, armés des faits curieux de cette cause, et du parti qu'ils tireraient des lettres que vous avez reçues de votre premier mari avant la célébration de votre mariage avec votre second.

– Cela est faux ! dit-elle avec toute la violence d'une petite-maîtresse. Je n'ai jamais reçu de lettre du comte Chabert ; et si quelqu'un se dit être le colonel, ce ne peut être qu'un intrigant, quelque forçat libéré, comme Coignard peut-être. Le frisson prend rien que d'y penser. Le colonel peut-il ressusciter, monsieur ? Bonaparte m'a fait complimenter sur sa mort par un aide de camp, et je touche encore aujourd'hui trois mille francs de pension accordée à sa veuve par les Chambres. J'ai eu mille fois raison de repousser tous les Chabert qui sont venus, comme je repousserai tous ceux qui viendront.

– Heureusement nous sommes seuls, madame. Nous pouvons mentir à notre aise », dit-il froidement en s'amusant à aiguillonner la colère qui agitait la comtesse afin de lui arracher quelques indiscrétions, par une manœuvre familière aux avoués, habitués à rester calmes quand leurs adversaires ou leurs clients s'emportent.

« Hé bien donc, à nous deux », se dit-il à lui-même en imaginant à l'instant un piège pour lui démontrer sa faiblesse. « La preuve de la remise de la première lettre existe, madame, reprit-il à haute voix, elle contenait des valeurs...

– Oh ! pour des valeurs, elle n'en contenait pas.

– Vous avez donc reçu cette première lettre, reprit Derville en souriant. Vous êtes déjà prise dans le premier piège que vous tend un avoué, et vous croyez pouvoir lutter avec la justice... »

La comtesse rougit, pâlit, se cacha la figure dans les mains. Puis, elle secoua sa honte, et reprit avec le sang-froid naturel à ces sortes de femmes : « Puisque vous êtes l'avoué du prétendu Chabert, faites-moi le plaisir de...

– Madame, dit Derville en l'interrompant, je suis encore en ce moment votre avoué comme celui du colonel. Croyez-vous que je veuille perdre une clientèle aussi précieuse que l'est la vôtre ? Mais vous ne m'écoutez pas...

– Parlez, monsieur, dit-elle gracieusement.

– Votre fortune vous venait de M. le comte Chabert et vous l'avez repoussé. Votre fortune est colossale, et vous le laissez mendier. Madame, les avocats sont bien éloquents lorsque les causes sont éloquentes par elles-mêmes, il se rencontre ici des circonstances capables de soulever contre vous l'opinion publique.

– Mais, monsieur, dit la comtesse impatientée de la manière dont Derville la tournait et retournait sur le gril, en admettant que votre M. Chabert existe, les tribunaux maintiendront mon second mariage à cause des enfants, et j'en serai quitte pour rendre deux cent vingt-cinq mille francs à M. Chabert.

– Madame, nous ne savons pas de quel côté les tribunaux verront la question sentimentale. Si, d'une part, nous avons une mère et ses enfants, nous avons de l'autre un homme accablé de malheurs, vieilli par vous, par vos refus. Où trouvera-t-il une femme ? Puis, les juges peuvent-ils heurter la loi ? Votre mariage avec le colonel a pour lui le droit, la priorité. Mais si vous êtes représentée sous d'odieuses couleurs, vous pourriez avoir un adversaire auquel vous ne vous attendez pas. Là, madame, est ce danger dont je voudrais vous préserver.

– Un nouvel adversaire ! dit-elle, qui ?

– M. le comte Ferraud, madame.

– M. Ferraud a pour moi un trop vif attachement, et, pour la mère de ses enfants, un trop grand respect...

– Ne parlez pas de ces niaiseries-là, dit Derville en l'interrompant, à des avoués habitués à lire au fond des cœurs. En ce moment M. Ferraud n'a pas la moindre envie de rompre votre mariage et je suis persuadé qu'il vous adore ; mais si quelqu'un venait lui dire que son mariage peut être annulé, que sa femme sera traduite en criminelle au ban de l'opinion publique...

– Il me défendrait ! monsieur.

– Non, madame.

– Quelle raison aurait-il de m'abandonner, monsieur ?

– Mais celle d'épouser la fille unique d'un pair de France, dont la pairie lui serait transmise par ordonnance du Roi... »

La comtesse pâlit.

« Nous y sommes ! se dit en lui-même Derville. Bien, je te tiens, l'affaire du pauvre colonel est gagnée. »

« D'ailleurs, madame, reprit-il à haute voix, il aurait d'autant moins de remords, qu'un homme couvert de gloire, général, comte, grand-officier de la Légion d'honneur, ne serait pas un pis-aller ; et si cet homme lui redemande sa femme...

– Assez ! assez ! monsieur, dit-elle. Je n'aurai jamais que vous pour avoué. Que faire ?

– Transiger ! dit Derville.

– M'aime-t-il encore ? dit-elle.

– Mais je ne crois pas qu'il puisse en être autrement. »

À ce moment, la comtesse dressa la tête. Un éclair d'espérance brilla dans ses yeux ; elle comptait peut-être spéculer sur la tendresse de son premier mari pour gagner son procès par quelque ruse de femme.

« J'attendrai vos ordres, madame, pour savoir s'il faut vous signifier nos actes, ou si vous voulez venir chez moi pour arrêter les bases d'une transaction », dit Derville en saluant la comtesse.

Huit jours après les deux visites que Derville avait faites, et par une belle matinée du mois de juin, les époux, désunis par un hasard presque surnaturel, partirent des deux points les plus opposés de Paris, pour venir se rencontrer dans l'étude de leur avoué commun. Les avances qui furent largement faites par Derville au colonel Chabert lui avaient permis d'être vêtu selon son rang. Le défunt arriva donc voituré dans un cabriolet fort propre. Il avait la tête couverte d'une perruque appropriée à sa physionomie, il était habillé de drap bleu, avait du linge blanc, et portait sous son gilet le sautoir rouge des grands-officiers de la Légion d'honneur. En reprenant les habitudes de l'aisance, il avait retrouvé son ancienne élégance martiale. Il se tenait droit. Sa figure, grave et mystérieuse, où se peignaient le bonheur et toutes ses espérances, paraissait être rajeunie et plus grasse, pour emprunter à la peinture une de ses expressions les plus pittoresques. Il ne ressemblait pas plus au Chabert en vieux carrick, qu'un gros sou ne ressemble à une pièce de quarante francs nouvellement frappée. À le voir, les passants eussent facilement reconnu en lui l'un de ces beaux débris de notre ancienne armée, un de ces hommes héroïques sur lesquels se reflète notre gloire nationale, et qui la représentent comme un éclat de glace illuminé par le soleil semble en réfléchir tous les rayons. Ces vieux soldats sont tout ensemble des tableaux et des livres. Quand le comte descendit de sa voiture pour monter chez Derville, il sauta légèrement comme aurait pu faire un jeune homme. À peine son cabriolet avait-il retourné, qu'un joli coupé tout armorié arriva. Mme la comtesse Ferraud en sortit dans une toilette simple, mais habilement calculée pour montrer la jeunesse de sa taille. Elle avait une jolie capote doublée de rose qui encadrait parfaitement sa figure, en dissimulait les contours, et la ravivait. Si les clients s'étaient rajeunis, l'étude était restée semblable à elle-même, et offrait alors le tableau par la description duquel cette histoire a commencé. Simonnin déjeunait, l'épaule appuyée sur la fenêtre qui alors était ouverte ; et il regardait le bleu du ciel par l'ouverture de cette cour entourée de quatre corps de logis noirs.

« Ha ! s'écria le petit clerc, qui veut parier un spectacle que le colonel Chabert est général, et cordon rouge ?

– Le patron est un fameux sorcier ! dit Godeschal.

– Il n'y a donc pas de tour à lui jouer cette fois ? demanda Desroches.

– C'est sa femme qui s'en charge, la comtesse Ferraud ! dit Boucard.

– Allons, dit Godeschal, la comtesse Ferraud serait donc obligée d'être à deux...

– La voilà ! » dit Simonnin.

En ce moment, le colonel entra et demanda Derville. « Il y est, monsieur le comte, répondit Simonnin.

– Tu n'es donc pas sourd, petit drôle ? » dit Chabert en prenant le saute-ruisseau par l'oreille et la lui tortillant à la satisfaction des clercs, qui se mirent à rire et regardèrent le colonel avec la curieuse considération due à ce singulier personnage.

Le comte Chabert était chez Derville, au moment où sa femme entra par la porte de l'étude.

« Dites donc, Boucard, il va se passer une singulière scène dans le cabinet du patron ! Voilà une femme qui peut aller les jours pairs chez le comte Ferraud et les jours impairs chez le comte Chabert.

– Dans les années bissextiles, dit Godeschal, le compte y sera.

– Taisez-vous donc ! messieurs, l'on peut entendre, dit sévèrement Boucard ; je n'ai jamais vu d'étude où l'on plaisantât, comme vous le faites, sur les clients. »

Derville avait consigné le colonel dans la chambre à coucher, quand la comtesse se présenta.

« Madame, lui dit-il, ne sachant pas s'il vous serait agréable de voir M. le comte Chabert, je vous ai séparés. Si cependant vous désiriez...

– Monsieur, c'est une attention dont je vous remercie.

– J'ai préparé la minute d'un acte dont les conditions pourront être discutées par vous et par M. Chabert, séance tenante. J'irai alternativement de vous à lui, pour vous présenter, à l'un et à l'autre, vos raisons respectives.

– Voyons, monsieur », dit la comtesse en laissant échapper un geste d'impatience.

Derville lut.

« Entre les soussignés,

« Monsieur Hyacinthe, *dit Chabert*, comte, maréchal de camp et grand-officier de la Légion d'honneur, demeurant à Paris, rue du Petit-Banquier, d'une part ;

« Et la dame Rose Chapotel, épouse de monsieur le comte Chabert, ci-dessus nommé, née...

– Passez, dit-elle, laissons les préambules, arrivons aux conditions.

– Madame, dit l'avoué, le préambule explique succinctement la position dans laquelle vous vous trouvez l'un et l'autre. Puis, par l'article premier, vous reconnaissez, en présence de trois témoins, qui sont deux notaires et le nourrisseur chez lequel a demeuré votre mari, auxquels j'ai confié sous le secret votre affaire, et qui garderont le plus profond silence ; vous reconnaissez, dis-je, que l'individu désigné dans les actes joints au sous-seing, mais dont l'état se trouve d'ailleurs établi par un acte de notoriété préparé chez Alexandre Crottat, votre notaire, est le comte Chabert, votre premier époux. Par l'article second, le comte Chabert, dans l'intérêt de votre bonheur, s'engage à ne faire usage de ses droits que dans les cas prévus par l'acte lui-même. Et ces cas, dit Derville en faisant une sorte de parenthèse, ne sont autres que la non-exécution des clauses de cette convention secrète. De son côté, reprit-il, M. Chabert consent à poursuivre de gré à gré avec vous un jugement qui annulera son acte de décès et prononcera la dissolution de son mariage.

– Ça ne me convient pas du tout, dit la comtesse étonnée, je ne veux pas de procès. Vous savez pourquoi.

– Par l'article trois, dit l'avoué en continuant avec un flegme imperturbable, vous vous engagez à constituer au nom d'Hyacinthe, comte Chabert, une rente viagère de vingt-quatre mille francs, inscrite sur le grand-livre de la dette publique, mais dont le capital vous sera dévolu à sa mort...

– Mais c'est beaucoup trop cher, dit la comtesse.

– Pouvez-vous transiger à meilleur marché ?

– Peut-être.

– Que voulez-vous donc, madame ?

– Je veux, je ne veux pas de procès, je veux...

– Qu'il reste mort, dit vivement Derville en l'interrompant.

– Monsieur, dit la comtesse, s'il faut vingt-quatre mille livres de rente, nous plaiderons...

– Oui, nous plaiderons », s'écria d'une voix sourde le colonel qui ouvrit la porte et apparut tout à coup devant sa femme, en tenant une main dans son gilet et l'autre étendue vers le parquet, geste auquel le souvenir de son aventure donnait une horrible énergie.

« C'est lui », se dit en elle-même la comtesse.

« Trop cher ! reprit le vieux soldat. Je vous ai donné près d'un million, et vous marchandez mon malheur. Hé bien, je vous veux maintenant, vous et votre fortune. Nous sommes communs en biens, notre mariage n'a pas cessé...

– Mais monsieur n'est pas le colonel Chabert, s'écria la comtesse en feignant la surprise.

– Ah ! dit le vieillard d'un ton profondément ironique, voulez-vous des preuves ? Je vous ai prise au Palais-Royal... »

La comtesse pâlit. En la voyant pâlir sous son rouge, le vieux soldat, touché de la vive souffrance qu'il imposait à une femme jadis aimée avec ardeur, s'arrêta ; mais il en reçut un regard si venimeux qu'il reprit tout à coup : « Vous étiez chez la...

– De grâce, monsieur, dit la comtesse à l'avoué, trouvez bon que je quitte la place. Je ne suis pas venue ici pour entendre de semblables horreurs. »

Elle se leva et sortit. Derville s'élança dans l'étude. La comtesse avait trouvé des ailes et s'était comme envolée. En revenant dans son cabinet, l'avoué trouva le colonel dans un violent accès de rage, et se promenant à grands pas.

« Dans ce temps-là chacun prenait sa femme où il voulait, disait-il ; mais j'ai eu tort de la mal choisir, de me fier à des apparences. Elle n'a pas de cœur.

– Eh bien, colonel, n'avais-je pas raison en vous priant de ne pas venir ? Je suis maintenant certain de votre identité. Quand vous vous êtes montré, la comtesse a fait un mouvement dont la pensée n'était pas équivoque. Mais vous avez perdu votre procès, votre femme sait que vous êtes méconnaissable !

– Je la tuerai...

– Folie ! vous serez pris et guillotiné comme un misérable. D'ailleurs peut-être manquerez-vous votre coup ! ce serait impardonnable, on ne doit jamais manquer sa femme quand on veut la tuer. Laissez-moi réparer vos sottises, grand enfant ! Allez-vous-en. Prenez garde à vous, elle serait capable de vous faire tomber dans quelque piège et de vous enfermer à Charenton. Je vais lui signifier nos actes afin de vous garantir de toute surprise. »

Le pauvre colonel obéit à son jeune bienfaiteur, et sortit en lui balbutiant des excuses. Il descendait lentement les marches de l'escalier noir, perdu dans des sombres pensées, accablé peut-être par le coup qu'il venait de recevoir, pour lui le plus cruel, le plus profondément enfoncé dans son cœur, lorsqu'il entendit, en parvenant au dernier palier, le frôlement d'une robe, et sa femme apparut.

« Venez, monsieur », lui dit-elle en lui prenant le bras par un mouvement semblable à ceux qui lui étaient familiers autrefois.

L'action de la comtesse, l'accent de sa voix redevenue gracieuse, suffirent pour calmer la colère du colonel, qui se laissa mener jusqu'à la voiture.

« Eh bien, montez donc ! » lui dit la comtesse quand le valet eut achevé de déplier le marche-pied.

Et il se trouva, comme par enchantement, assis près de sa femme dans le coupé.

« Où va madame ? demanda le valet.

– À Groslay », dit-elle.

Les chevaux partirent et traversèrent tout Paris.

« Monsieur ! » dit la comtesse au colonel d'un son de voix qui révélait une de ces émotions rares dans la vie, et par lesquelles tout en nous est agité.

En ces moments, cœur, fibres, nerfs, physionomie, âme et corps, tout, chaque pore même tressaille. La vie semble ne plus être en nous ; elle en sort et jaillit, elle se communique comme une contagion, se transmet par le regard, par l'accent de la voix, par le geste, en imposant notre vouloir aux autres. Le vieux soldat tressaillit en entendant ce seul mot, ce premier, ce terrible : « Monsieur ! » Mais aussi était-ce tout à la fois un reproche, une prière, un pardon, une espérance, un désespoir, une interrogation, une réponse. Ce mot comprenait tout. Il fallait être comédienne pour jeter tant d'éloquence, tant de sentiments dans un mot. Le vrai n'est pas si complet dans son expression, il ne met pas tout en dehors, il laisse voir tout ce qui est au-dedans. Le colonel eut mille remords de ses soupçons, de ses demandes, de sa colère, et baissa les yeux pour ne pas laisser deviner son trouble.

« Monsieur, reprit la comtesse après une pause imperceptible, je vous ai bien reconnu !

– Rosine, dit le vieux soldat, ce mot contient le seul baume qui pût me faire oublier mes malheurs. »

Deux grosses larmes roulèrent toutes chaudes sur les mains de sa femme, qu'il pressa pour exprimer une tendresse paternelle.

« Monsieur, reprit-elle, comment n'avez-vous pas deviné qu'il me coûtait horriblement de paraître devant un étranger dans une position aussi fausse que l'est la mienne ! Si j'ai à rougir de ma situation, que ce ne soit au moins qu'en famille. Ce secret ne devait-il pas rester enseveli dans nos cœurs ? Vous m'absoudrez, j'espère, de mon indifférence apparente pour les malheurs d'un Chabert à l'existence duquel je ne devais pas croire. J'ai reçu vos lettres, dit-elle vivement, en lisant sur les traits de son mari l'objection qui s'y exprimait, mais elles me parvinrent treize mois après la bataille d'Eylau ; elles étaient ouvertes, salies, l'écriture en était méconnaissable, et j'ai dû croire, après avoir obtenu la signature de Napoléon sur mon nouveau contrat de mariage, qu'un adroit intrigant voulait se jouer de moi. Pour ne pas troubler le repos de M. le comte Ferraud, et ne pas altérer les liens de la famille, j'ai donc dû prendre des précautions contre un faux Chabert. N'avais-je pas raison, dites ?

– Oui, tu as eu raison, c'est moi qui suis un sot, un animal, une bête, de n'avoir pas su mieux calculer les conséquences d'une situation semblable. Mais où allons-nous ? dit le colonel en se voyant à la barrière de La Chapelle.

– À ma campagne, près de Groslay, dans la vallée de Montmorency. Là, monsieur, nous réfléchirons ensemble au parti que nous devons prendre.

Je connais mes devoirs. Si je suis à vous en droit, je ne vous appartiens plus en fait. Pouvez-vous désirer que nous devenions la fable de tout Paris ? N'instruisons pas le public de cette situation qui pour moi présente un côté ridicule, et sachons garder notre dignité. Vous m'aimez encore, reprit-elle en jetant sur le colonel un regard triste et doux ; mais moi, n'ai-je pas été autorisée à former d'autres liens ? En cette singulière position, une voix secrète me dit d'espérer en votre bonté qui m'est si connue. Aurais-je donc tort en vous prenant pour seul et unique arbitre de mon sort ? Soyez juge et partie. Je me confie à la noblesse de votre caractère. Vous aurez la générosité de me pardonner les résultats de fautes innocentes. Je vous l'avouerai donc, j'aime M. Ferraud. Je me suis crue en droit de l'aimer. Je ne rougis pas de cet aveu devant vous ; s'il vous offense, il ne nous déshonore point. Je ne puis vous cacher les faits. Quand le hasard m'a laissée veuve, je n'étais pas mère. »

Le colonel fit un signe de main à sa femme, pour lui imposer silence, et ils restèrent sans proférer un seul mot pendant une demi-lieue. Chabert croyait voir les deux petits enfants devant lui.

« Rosine !

– Monsieur ?

– Les morts ont donc bien tort de revenir ?

– Oh ! monsieur, non, non ! Ne me croyez pas ingrate. Seulement, vous trouvez une amante, une mère, là où vous aviez laissé une épouse. S'il n'est plus en mon pouvoir de vous aimer, je sais tout ce que je vous dois et puis vous offrir encore toutes les affections d'une fille.

– Rosine, reprit le vieillard d'une voix douce, je n'ai plus aucun ressentiment contre toi. Nous oublierons tout, ajouta-t-il avec un de ces sourires dont la grâce est toujours le reflet d'une belle âme. Je ne suis pas assez peu délicat pour exiger les semblants de l'amour chez une femme qui n'aime plus. »

La comtesse lui lança un regard empreint d'une telle reconnaissance, que le pauvre Chabert aurait voulu rentrer dans sa fosse d'Eylau. Certains hommes ont une âme assez forte pour de tels dévouements, dont la récompense se trouve pour eux dans la certitude d'avoir fait le bonheur d'une personne aimée.

« Mon ami, nous parlerons de tout ceci plus tard et à cœur reposé », dit la comtesse.

La conversation prit un autre cours, car il était impossible de la continuer longtemps sur ce sujet. Quoique les deux époux revinssent souvent à leur situation bizarre, soit par des allusions, soit sérieusement, ils firent un charmant voyage, se rappelant les événements de leur union passée et les choses de l'Empire. La comtesse sut imprimer un charme doux à ces souvenirs, et répandit dans la conversation une teinte de mélancolie nécessaire pour y maintenir la gravité. Elle faisait revivre l'amour sans exciter aucun désir, et laissait entrevoir à son premier époux toutes les richesses morales qu'elle avait acquises, en tâchant de l'accoutumer à l'idée de restreindre son bonheur aux seules jouissances que goûte un père près d'une fille chérie. Le colonel avait connu la comtesse de l'Empire, il revoyait une comtesse de la Restauration. Enfin les deux époux arrivèrent par un chemin de traverse à un grand parc situé dans la petite vallée qui sépare les hauteurs de Margency du joli village de Groslay. La comtesse possédait là une délicieuse maison où le colonel vit, en arrivant, tous les apprêts que nécessitaient son séjour et celui de sa femme. Le malheur est une espèce de talisman dont la vertu consiste à corroborer notre constitution primitive : il augmente la défiance et la méchanceté chez certains hommes, comme il accroît la bonté de ceux qui ont un cœur excellent. L'infortune avait rendu le colonel encore plus secourable et meilleur qu'il ne l'avait été, il pouvait donc s'initier au secret des souffrances féminines qui sont inconnues à la plupart des hommes. Néanmoins, malgré son peu de défiance, il ne put s'empêcher de dire à sa femme : « Vous étiez donc bien sûre de m'emmener ici ?

– Oui, répondit-elle, si je trouvais le colonel Chabert dans le plaideur. »

L'air de vérité qu'elle sut mettre dans cette réponse dissipa les légers soupçons que le colonel eut honte d'avoir conçus. Pendant trois jours la comtesse fut admirable près de son premier mari. Par de tendres soins et par sa constante douceur elle semblait vouloir effacer le souvenir des souffrances qu'il avait endurées, se faire pardonner les malheurs que, suivant ses aveux, elle avait innocemment causés ; elle se plaisait à déployer pour lui, tout en lui faisant apercevoir une sorte de mélancolie, les charmes auxquels elle le savait faible ; car nous sommes plus particulièrement accessibles à certaines façons, à des grâces de cœur ou d'esprit auxquelles nous ne résistons pas ; elle voulait l'intéresser à sa situation, et l'attendrir assez pour s'emparer de son esprit et disposer souverainement de lui. Décidée à tout pour arriver à ses fins, elle ne savait pas encore ce qu'elle devait faire de cet homme, mais certes elle voulait l'anéantir socialement. Le soir du troisième jour elle sentit que, malgré ses efforts, elle ne pouvait cacher les inquiétudes que lui causait le résultat de ses manœuvres. Pour se trouver un moment à l'aise, elle monta chez elle, s'assit à son secrétaire, déposa le masque de tranquillité qu'elle conservait devant le comte Chabert, comme une actrice qui, rentrant fatiguée dans sa loge après un cinquième acte pénible, tombe demi-morte et laisse dans la salle une image d'elle-même à laquelle elle ne ressemble plus. Elle se mit à finir une lettre commencée qu'elle écrivait à Delbecq, à qui elle disait d'aller, en son nom, demander chez Derville communication des actes qui concernaient le colonel Chabert, de les copier et de venir aussitôt la trouver à Groslay. À peine avait-elle achevé, qu'elle entendit dans le corridor le bruit des pas du colonel, qui, tout inquiet, venait la retrouver.

« Hélas ! dit-elle à haute voix, je voudrais être morte ! Ma situation est intolérable...

– Eh ! bien, qu'avez-vous donc ? demanda le bonhomme.

– Rien, rien », dit-elle.

Elle se leva, laissa le colonel et descendit pour parler sans témoin à sa femme de chambre, qu'elle fit partir pour Paris, en lui recommandant de remettre elle-même à Delbecq la lettre qu'elle venait d'écrire, et de la lui rapporter aussitôt qu'il l'aurait lue. Puis la comtesse alla s'asseoir sur un banc où elle était assez en vue pour que le colonel vînt l'y trouver aussitôt qu'il le voudrait. Le colonel, qui déjà cherchait sa femme, accourut et s'assit près d'elle.

« Rosine, lui dit-il, qu'avez-vous ? »

Elle ne répondit pas. La soirée était une de ces soirées magnifiques et calmes dont les secrètes harmonies répandent, au mois de juin, tant de suavité dans les couchers du soleil. L'air était pur et le silence profond, en sorte que l'on pouvait entendre dans le lointain du parc les voix de quelques enfants qui ajoutaient une sorte de mélodie aux sublimités du paysage.

« Vous ne me répondez pas ? demanda le colonel à sa femme.

– Mon mari... », dit la comtesse, qui s'arrêta, fit un mouvement, et s'interrompit pour lui demander en rougissant : « Comment dirai-je en parlant de M. le comte Ferraud ?

– Nomme-le ton mari, ma pauvre enfant, répondit le colonel avec un accent de bonté, n'est-ce pas le père de tes enfants ?

– Eh bien, reprit-elle, si monsieur me demande ce que je suis venue faire ici, s'il apprend que je m'y suis enfermée avec un inconnu, que lui dirai-je ? Écoutez, monsieur, reprit-elle en prenant une attitude pleine de dignité, décidez de mon sort, je suis résignée à tout...

– Ma chère, dit le colonel en s'emparant des mains de sa femme, j'ai résolu de me sacrifier entièrement à votre bonheur...

– Cela est impossible, s'écria-t-elle en laissant échapper un mouvement convulsif. Songez donc que vous devriez alors renoncer à vous-même et d'une manière authentique...

– Comment, dit le colonel, ma parole ne vous suffit pas ? »

Le mot *authentique* tomba sur le cœur du vieillard et y réveilla des défiances involontaires. Il jeta sur sa femme un regard qui la fit rougir, elle baissa les yeux, et il eut peur de se trouver obligé de la mépriser. La comtesse craignait d'avoir effarouché la sauvage pudeur, la probité sévère d'un homme dont le caractère généreux, les vertus primitives lui étaient connus. Quoique ces idées eussent répandu quelques nuages sur leurs fronts, la bonne harmonie se rétablit aussitôt entre eux. Voici comment. Un cri d'enfant retentit au loin.

« Jules, laissez votre sœur tranquille, s'écria la comtesse.

– Quoi ! vos enfants sont ici ? dit le colonel.

– Oui, mais je leur ai défendu de vous importuner. »

Le vieux soldat comprit la délicatesse, le tact de femme renfermé dans ce procédé si gracieux, et prit la main de la comtesse pour la baiser.

« Qu'ils viennent donc », dit-il.

La petite fille accourait pour se plaindre de son frère. « Maman !

– Maman !

– C'est lui qui...

– C'est elle... »

Les mains étaient étendues vers la mère, et les deux voix enfantines se mêlaient. Ce fut un tableau soudain et délicieux !

« Pauvres enfants ! s'écria la comtesse en ne retenant plus ses larmes, il faudra les quitter ; à qui le jugement les donnera-t-il ? On ne partage pas un cœur de mère, je les veux, moi !

– Est-ce vous qui faites pleurer maman ? dit Jules en jetant un regard de colère au colonel.

– Taisez-vous, Jules », s'écria la mère d'un air impérieux.

Les deux enfants restèrent debout et silencieux, examinant leur mère et l'étranger avec une curiosité qu'il est impossible d'exprimer par des paroles.

« Oh ! oui, reprit-elle, si l'on me sépare du comte, qu'on me laisse les enfants, et je serai soumise à tout... »

Ce fut un mot décisif qui obtint tout le succès qu'elle en avait espéré.

« Oui, s'écria le colonel comme s'il achevait une phrase mentalement commencée, je dois rentrer sous terre. Je me le suis déjà dit.

– Puis-je accepter un tel sacrifice ? répondit la comtesse. Si quelques hommes sont morts pour sauver l'honneur de leur maîtresse, ils n'ont donné leur vie qu'une fois. Mais ici vous donneriez votre vie tous les jours ! Non, non, cela est impossible. S'il ne s'agissait que de votre existence, ce ne serait rien ; mais signer que vous n'êtes pas le colonel Chabert, reconnaître que vous êtes un imposteur, donner votre honneur, commettre un mensonge à toute heure du jour, le dévouement humain ne saurait aller jusque-là. Songez donc ! Non. Sans mes pauvres enfants, je me serais déjà enfuie avec vous au bout du monde...

– Mais, reprit Chabert, est-ce que je ne puis pas vivre ici, dans votre petit pavillon, comme un de vos parents ? Je suis usé comme un canon de rebut, il ne me faut qu'un peu de tabac et *Le Constitutionnel*. »

La comtesse fondit en larmes. Il y eut entre la comtesse Ferraud et le colonel Chabert un combat de générosité d'où le soldat sortit vainqueur. Un soir, en voyant cette mère au milieu de ses enfants, le soldat fut séduit par les touchantes grâces d'un tableau de famille, à la campagne, dans l'ombre et le silence ; il prit la résolution de rester mort, et, ne s'effrayant plus de l'authenticité d'un acte, il demanda comment il fallait s'y prendre pour assurer irrévocablement le bonheur de cette famille.

« Faites comme vous voudrez ! lui répondit la comtesse, je vous déclare que je ne me mêlerai en rien de cette affaire. Je ne le dois pas. »

Delbecq était arrivé depuis quelques jours, et, suivant les instructions verbales de la comtesse, l'intendant avait su gagner la confiance du vieux militaire. Le lendemain matin donc, le colonel Chabert partit avec l'ancien avoué pour Saint-Leu-Taverny, où Delbecq avait fait préparer chez le notaire un acte conçu en termes si crus que le colonel sortit brusquement de l'étude après en avoir entendu la lecture.

« Mille tonnerres ! je serais un joli coco ! Mais je passerais pour un faussaire, s'écria-t-il.

– Monsieur, lui dit Delbecq, je ne vous conseille pas de signer trop vite. À votre place je tirerais au moins trente mille livres de rente de ce procès-là, car madame les donnerait. »

Après avoir foudroyé ce coquin émérite par le lumineux regard de l'honnête homme indigné, le colonel s'enfuit emporté par mille sentiments contraires. Il redevint défiant, s'indigna, se calma tour à tour. Enfin il entra dans le parc de Groslay par la brèche d'un mur, et vint à pas lents se reposer et réfléchir à son aise dans un cabinet pratiqué sous un kiosque d'où l'on découvrait le chemin de Saint-Leu. L'allée étant sablée avec cette espèce de terre jaunâtre par laquelle on remplace le gravier de rivière, la comtesse, qui était assise dans le petit salon de cette espèce de pavillon, n'entendit pas le colonel, car elle était trop préoccupée du succès de son affaire pour prêter la moindre attention au léger bruit que fit son mari. Le vieux soldat n'aperçut pas non plus sa femme au-dessus de lui dans le petit pavillon.

« Hé bien, monsieur Delbecq, a-t-il signé ? demanda la comtesse à son intendant qu'elle vit seul sur le chemin par-dessus la haie d'un saut-de-loup.

– Non, madame. Je ne sais même pas ce que notre homme est devenu. Le vieux cheval s'est cabré.

– Il faudra donc finir par le mettre à Charenton, dit-elle, puisque nous le tenons. »

Le colonel, qui retrouva l'élasticité de la jeunesse pour franchir le saut-de-loup, fut en un clin d'œil devant l'intendant, auquel il appliqua la plus belle paire de soufflets qui jamais ait été reçue sur deux joues de procureur.

« Ajoute que les vieux chevaux savent ruer », lui dit-il.

Cette colère dissipée, le colonel ne se sentit plus la force de sauter le fossé. La vérité s'était montrée dans sa nudité. Le mot de la comtesse et la réponse de Delbecq avaient dévoilé le complot dont il allait être la victime. Les soins qui lui avaient été prodigués étaient une amorce pour le prendre dans un piège. Ce mot fut comme une goutte de quelque poison subtil qui détermina chez le vieux soldat le retour de ses douleurs et physiques et morales. Il revint vers le kiosque par la porte du parc, en marchant lentement, comme un homme affaissé. Donc, ni paix ni trêve pour lui! Dès ce moment il fallait commencer avec cette femme la guerre odieuse dont lui avait parlé Derville, entrer dans une vie de procès, se nourrir de fiel, boire chaque matin un calice d'amertume. Puis, pensée affreuse, où trouver l'argent nécessaire pour payer les frais des premières instances? Il lui prit un si grand dégoût de la vie, que s'il y avait eu de l'eau près de lui il s'y serait jeté, que s'il avait eu des pistolets il se serait brûlé la cervelle. Puis il retomba dans l'incertitude d'idées, qui, depuis sa conversation avec Derville chez le nourrisseur, avait changé son moral. Enfin, arrivé devant le kiosque, il monta dans le cabinet aérien dont les rosaces de verre offraient la vue de chacune des ravissantes perspectives de la vallée, et où il trouva sa femme assise sur une chaise. La comtesse examinait le paysage et gardait une contenance pleine de calme en montrant cette impénétrable physionomie que savent prendre les femmes déterminées à tout. Elle s'essuya les yeux comme si elle eût versé des pleurs, et joua par un geste distrait avec le long ruban rose de sa ceinture. Néanmoins, malgré son assurance apparente, elle ne put s'empêcher de frissonner en voyant devant elle son vénérable bienfaiteur, debout, les bras croisés, la figure pâle, le front sévère.

« Madame, dit-il après l'avoir regardée fixement pendant un moment et l'avoir forcée à rougir, madame, je ne vous maudis pas, je vous méprise. Maintenant, je remercie le hasard qui nous a désunis. Je ne sens même pas un désir de vengeance, je ne vous aime plus. Je ne veux rien de vous. Vivez tranquille sur la foi de ma parole, elle vaut mieux que les griffonnages de tous les notaires de Paris. Je ne réclamerai jamais le nom que j'ai peut-être illustré. Je ne suis plus qu'un pauvre diable nommé Hyacinthe, qui ne demande que sa place au soleil. Adieu... »

La comtesse se jeta aux pieds du colonel, et voulut le retenir en lui prenant les mains ; mais il la repoussa avec dégoût, en lui disant : « Ne me touchez pas. »

La comtesse fit un geste intraduisible lorsqu'elle entendit le bruit des pas de son mari. Puis, avec la profonde perspicacité que donne une haute scélératesse ou le féroce égoïsme du monde, elle crut pouvoir vivre en paix sur la promesse et le mépris de ce loyal soldat.

Chabert disparut en effet. Le nourrisseur fit faillite et devint cocher de cabriolet. Peut-être le colonel s'adonna-t-il d'abord à quelque industrie du même genre. Peut-être, semblable à une pierre lancée dans un gouffre, alla-t-il, de cascade en cascade, s'abîmer dans cette boue de haillons qui foisonne à travers les rues de Paris.

Six mois après cet événement, Derville, qui n'entendait plus parler ni du colonel Chabert ni de la comtesse Ferraud, pensa qu'il était survenu sans doute entre eux une transaction, que, par vengeance, la comtesse avait fait dresser dans une autre étude. Alors, un matin, il supputa les sommes avancées audit Chabert, y ajouta les frais, et pria la comtesse Ferraud de réclamer à M. le comte Chabert le montant de ce mémoire, en présumant qu'elle savait où se trouvait son premier mari.

Le lendemain même l'intendant du comte Ferraud, récemment nommé président du tribunal de première instance dans une ville importante, écrivit à Derville ce mot désolant :

« Monsieur,

« Mme la comtesse Ferraud me charge de vous prévenir que votre client avait complètement abusé de votre confiance, et que l'individu qui disait être le comte Chabert a reconnu avoir indûment pris de fausses qualités.

« Agréez, etc.

« DELBECQ. »

« On rencontre des gens qui sont aussi, ma parole d'honneur, pas trop bêtes. Ils ont volé le baptême, s'écria Derville. Soyez donc humain, généreux, philanthrope et avoué, vous vous faites enfoncer ! Voilà une affaire qui me coûte plus de deux billets de mille francs. »

Quelque temps après la réception de cette lettre, Derville cherchait au Palais un avocat auquel il voulait parler, et qui plaidait à la Police correctionnelle. Le hasard voulut que Derville entrât à la Sixième Chambre au moment où le président condamnait comme vagabond le nommé Hyacinthe à deux mois de prison, et ordonnait qu'il fût ensuite conduit au dépôt de mendicité de Saint-Denis, sentence qui, d'après la jurisprudence des préfets de police, équivaut à une détention perpétuelle. Au nom d'Hyacinthe, Derville regarda le délinquant assis entre deux gendarmes sur le banc des prévenus, et reconnut, dans la personne du condamné, son faux colonel Chabert. Le vieux soldat était calme, immobile, presque distrait. Malgré ses haillons, malgré la misère empreinte sur sa physionomie, elle déposait d'une noble fierté. Son regard avait une expression de stoïcisme qu'un magistrat n'aurait pas dû méconnaître ; mais, dès qu'un homme tombe entre les mains de la justice, il n'est plus qu'un être moral, une question de Droit ou de Fait, comme aux yeux des statisticiens il devient un chiffre. Quand le soldat fut reconduit au Greffe pour être emmené plus tard avec la fournée de vagabonds que l'on jugeait en ce moment, Derville usa du droit qu'ont les avoués d'entrer partout au Palais, l'accompagna au Greffe et l'y contempla pendant quelques instants, ainsi que les curieux mendiants parmi lesquels il se trouvait. L'antichambre du Greffe offrait alors un de ces spectacles que malheureusement ni les législateurs, ni les philanthropes, ni les peintres, ni les écrivains ne viennent étudier. Comme tous les laboratoires de la chicane, cette antichambre est une pièce obscure et puante, dont les murs sont garnis d'une banquette en bois noirci par le séjour perpétuel des malheureux qui viennent à ce rendez-vous de toutes les misères sociales, et auquel pas un d'eux ne manque. Un poète dirait que le jour a honte d'éclairer ce terrible égout par lequel passent tant d'infortunes ! Il n'est pas une seule place où ne se soit assis quelque crime en germe ou consommé ; pas un seul endroit où ne se soit rencontré quelque homme qui, désespéré par la légère flétrissure que la justice avait imprimée à sa première faute, n'ait commencé une existence au bout de laquelle devait se dresser la guillotine, ou détoner le pistolet du suicide. Tous ceux qui tombent sur le pavé de Paris rebondissent contre ces murailles jaunâtres, sur lesquelles un philanthrope qui ne serait pas un spéculateur pourrait déchiffrer la justification des nombreux suicides dont se plaignent des écrivains hypocrites, incapables de faire un pas pour les prévenir, et qui se trouve écrite dans cette antichambre, espèce de préface pour les drames de la Morgue ou pour ceux de la place de Grève. En ce moment le colonel Chabert s'assit au milieu de ces hommes à faces énergiques, vêtus des horribles livrées de la misère, silencieux par intervalles, ou causant à voix basse, car trois gendarmes de faction se promenaient en faisant retentir leurs sabres sur le plancher.

« Me reconnaissez-vous ? dit Derville au vieux soldat en se plaçant devant lui.

– Oui, monsieur, répondit Chabert en se levant.

– Si vous êtes un honnête homme, reprit Derville à voix basse, comment avez-vous pu rester mon débiteur ? »

Le vieux soldat rougit comme aurait pu le faire une jeune fille accusée par sa mère d'un amour clandestin.

« Quoi ! Mme Ferraud ne vous a pas payé ? s'écria-t-il à haute voix.

– Payé ! dit Derville. Elle m'a écrit que vous étiez un intrigant. »

Le colonel leva les yeux par un sublime mouvement d'horreur et d'imprécation, comme pour en appeler au ciel de cette tromperie nouvelle.

« Monsieur, dit-il d'une voix calme à force d'altération, obtenez des gendarmes la faveur de me laisser entrer au Greffe, je vais vous signer un mandat qui sera certainement acquitté. »

Sur un mot dit par Derville au brigadier, il lui fut permis d'emmener son client dans le Greffe, où Hyacinthe écrivit quelques lignes adressées à la comtesse Ferraud.

« Envoyez cela chez elle, dit le soldat, et vous serez remboursé de vos frais et de vos avances. Croyez, monsieur, que si je ne vous ai pas témoigné la reconnaissance que je vous dois pour vos bons offices, elle n'en est pas moins là, dit-il en se mettant la main sur le cœur. Oui, elle est là, pleine et entière. Mais que peuvent les malheureux ? Ils aiment, voilà tout.

– Comment, lui dit Derville, n'avez-vous pas stipulé pour vous quelque rente ?

– Ne me parlez pas de cela ! répondit le vieux militaire. Vous ne pouvez pas savoir jusqu'où va mon mépris pour cette vie extérieure à laquelle tiennent la plupart des hommes. J'ai subitement été pris d'une maladie, le dégoût de l'humanité. Quand je pense que Napoléon est à Sainte-Hélène, tout ici-bas m'est indifférent. Je ne puis plus être soldat, voilà tout mon malheur. Enfin, ajouta-t-il en faisant un geste plein d'enfantillage, il vaut mieux avoir du luxe dans ses sentiments que sur ses habits. Je ne crains, moi, le mépris de personne. »

Et le colonel alla se remettre sur son banc. Derville sortit. Quand il revint à son étude, il envoya Godeschal, alors son second clerc, chez la comtesse Ferraud, qui, à la lecture du billet, fit immédiatement payer la somme due à l'avoué du comte Chabert.

En 1840, vers la fin du mois de juin, Godeschal, alors avoué, allait à Ris, en compagnie de Derville son prédécesseur. Lorsqu'ils parvinrent à l'avenue qui conduit de la grande route à Bicêtre, ils aperçurent sous un des ormes du chemin un de ces vieux pauvres chenus et cassés qui ont obtenu le bâton de maréchal des mendiants en vivant à Bicêtre comme les femmes indigentes vivent à la Salpêtrière. Cet homme, l'un des deux mille malheureux logés dans l'*Hospice de la Vieillesse*, était assis sur une borne et paraissait concentrer toute son intelligence dans une opération bien connue des invalides, et qui consiste à faire sécher au soleil le tabac de leurs mouchoirs, pour éviter de les blanchir, peut-être. Ce vieillard avait une physionomie attachante. Il était vêtu de cette robe de drap rougeâtre que l'Hospice accorde à ses hôtes, espèce de livrée horrible.

« Tenez, Derville, dit Godeschal à son compagnon de voyage, voyez donc ce vieux. Ne ressemble-t-il pas à ces grotesques qui nous viennent d'Allemagne ? Et cela vit, et cela est heureux peut-être ! »

Derville prit son lorgnon, regarda le pauvre, laissa échapper un mouvement de surprise et dit : « Ce vieux-là, mon cher, est tout un poème, ou, comme disent les romantiques, un drame. As-tu rencontré quelquefois la comtesse Ferraud ?

– Oui, c'est une femme d'esprit et très agréable ; mais un peu trop dévote, dit Godeschal.

– Ce vieux bicêtrien est son mari légitime, le comte Chabert, l'ancien colonel, elle l'aura sans doute fait placer là. S'il est dans cet hospice au lieu d'habiter un hôtel, c'est uniquement pour avoir rappelé à la jolie comtesse Ferraud qu'il l'avait prise, comme un fiacre, sur la place. Je me souviens encore du regard de tigre qu'elle lui jeta dans ce moment-là. »

Ce début ayant excité la curiosité de Godeschal, Derville lui raconta l'histoire qui précède. Deux jours après, le lundi matin, en revenant à Paris, les deux amis jetèrent un coup d'œil sur Bicêtre, et Derville proposa d'aller voir le colonel Chabert. À moitié chemin de l'avenue, les deux amis trouvèrent assis sur la souche d'un arbre abattu le vieillard qui tenait à la main un bâton et s'amusait à tracer des raies sur le sable. En le regardant attentivement, ils s'aperçurent qu'il venait de déjeuner autre part qu'à l'établissement.

« Bonjour, colonel Chabert, lui dit Derville.

– Pas Chabert! pas Chabert! Je me nomme Hyacinthe, répondit le vieillard. Je ne suis plus un homme, je suis le numéro 164, septième salle », ajouta-t-il en regardant Derville avec une anxiété peureuse, avec une crainte de vieillard et d'enfant. « Vous allez voir le condamné à mort? dit-il après un moment de silence. Il n'est pas marié, lui! Il est bien heureux.

– Pauvre homme, dit Godeschal. Voulez-vous de l'argent pour acheter du tabac? »

Avec toute la naïveté d'un gamin de Paris, le colonel tendit avidement la main à chacun des deux inconnus qui lui donnèrent une pièce de vingt francs; il les remercia par un regard stupide, en disant : « Braves troupiers! » il se mit au port d'armes, feignit de les coucher en joue, et s'écria en souriant : « Feu des deux pièces! vive Napoléon! » Et il décrivit en l'air avec sa canne une arabesque imaginaire.

« Le genre de sa blessure l'aura fait tomber en enfance, dit Derville.

– Lui en enfance! s'écria un vieux bicêtrien qui les regardait. Ah! il y a des jours où il ne faut pas lui marcher sur le pied. C'est un vieux malin plein de philosophie et d'imagination. Mais aujourd'hui, que voulez-vous? il a fait le lundi. Monsieur, en 1820 il était déjà ici. Pour lors, un officier prussien, dont la calèche montait la côte de Villejuif, vint à passer à pied. Nous étions, nous deux Hyacinthe et moi, sur le bord de la route. Cet officier causait en marchant avec un autre, avec un Russe, ou quelque animal de la même espèce, lorsqu'en voyant l'ancien, le Prussien, histoire de blaguer, lui dit : " Voilà un vieux voltigeur qui devait être à Rosbach. – J'étais trop jeune pour y être, lui répondit-il, mais j'ai été assez vieux pour me trouver à Iéna. " Pour lors le Prussien a filé, sans faire d'autres questions.

– Quelle destinée ! s'écria Derville. Sorti de l'hospice des *Enfants trouvés*, il revient mourir à l'hospice de la *Vieillesse*, après avoir, dans l'intervalle, aidé Napoléon à conquérir l'Égypte et l'Europe. Savez-vous, mon cher, reprit Derville après une pause, qu'il existe dans notre société trois hommes, le Prêtre, le Médecin et l'Homme de justice, qui ne peuvent pas estimer le monde ? Ils ont des robes noires, peut-être parce qu'ils portent le deuil de toutes les vertus, de toutes les illusions. Le plus malheureux des trois est l'avoué. Quand l'homme vient trouver le prêtre, il arrive poussé par le repentir, par le remords, par des croyances qui le rendent intéressant, qui le grandissent, et consolent l'âme du médiateur, dont la tâche ne va pas sans une sorte de jouissance : il purifie, il répare, et réconcilie. Mais, nous autres avoués, nous voyons se répéter les mêmes sentiments mauvais, rien ne les corrige, nos études sont des égouts qu'on ne peut pas curer. Combien de choses n'ai-je pas apprises en exerçant ma charge ! J'ai vu mourir un père dans un grenier, sans sou ni maille, abandonné par deux filles auxquelles il avait donné quarante mille livres de rente ! J'ai vu brûler des testaments ; j'ai vu des mères dépouillant leurs enfants, des maris volant leurs femmes, des femmes tuant leurs maris en se servant de l'amour qu'elles leur inspiraient pour les rendre fous ou imbéciles, afin de vivre en paix avec un amant. J'ai vu des femmes donnant à l'enfant d'un premier lit des goûts qui devaient amener sa mort, afin d'enrichir l'enfant de l'amour. Je ne puis vous dire tout ce que j'ai vu, car j'ai vu des crimes contre lesquels la justice est impuissante. Enfin, toutes les horreurs que les romanciers croient inventer sont toujours au-dessous de la vérité. Vous allez connaître ces jolies choses-là, vous ; moi, je vais vivre à la campagne avec ma femme, Paris me fait horreur.

– J'en ai déjà bien vu chez Desroches », répondit Godeschal.

Paris, février-mars 1832.

Grands romans

La littérature conjuguée au pluriel,
pour votre plaisir. Des œuvres de grands
romanciers français et étrangers,
des histoires passionnantes, dramatiques,
drôles ou émouvantes, pour tous les goûts...

ADLER Philippe

Bonjour la galère !
1868/1
Les amies de ma femme
2439/3

Mais qu'est-ce qu'elles veulent
ces bonnes femmes ? Quand il
rentre chez lui, Albert aimerait
que Victoire s'occupe de lui mais
rien à faire : les copines d'abord.
Jusqu'au jour où Victoire se fait
la malle et où sont ses
copines qui consolent Albert.

Qu'est-ce qu'elles me
trouvent ?
3117/3

ANDREWS™ Virginia C.

Fleurs captives

Dans un immense et ténébreux
grenier, quatre enfants vivent
séquestrés. Pour oublier leur
détresse, ils font de leur prison
le royaume de leurs jeux, le
refuge de leur tendresse, à l'abri
du monde. Mais le temps passe
et le grenier devient un enfer.
Et le seul désir de ces enfants
devenus adolescents est désormais de s'évader... à n'importe
quel prix.

- Fleurs captives
1165/4
- Pétales au vent
1237/4
- Bouquet d'épines
1350/4
- Les racines du passé
1818/4
- Le jardin des ombres
2526/4

La saga de Heaven
- Les enfants des collines
2727/5

Les enfants des collines, c'est
l'envers de l'Amérique : la misère à deux pas de l'opulence.
Dans la cabane sordide où elle
vit avec ses quatre frères et
sœurs, Heaven se demande
comment ses parents ont eu
l'idée de lui donner ce prénom :
«Paradis». Un jour, elle appren-
dra le secret de sa naissance, si
lourd que la vie de son père en
a été brisée, mais si beau qu'elle
croit naître une seconde fois.

- L'ange de la nuit
2870/5
- Cœurs maudits
2971/5
- Un visage du paradis
3119/5
- Le labyrinthe des songes
3234/6
Ma douce Audrina
1578/4
Aurore

Un terrible secret pèse sur la
naissance d'Aurore. Brutalement séparée des siens, humi-
liée, trompée, elle devra payer
pour les péchés que d'autres
ont commis. Car sur elle et sur
sa fille Christie, plane la malé-
diction des Cutler...

- Aurore
3464/5
- Les secrets de l'aube
3580/6
- L'enfant du crépuscule
3723/6 (Juillet 94)
- Les démons de la nuit
3772/6 (Octobre 94)

ATTANÉ Chantal
Le propre du bouc
3337/2

AVRIL Nicole
Monsieur de Lyon
1049/2
La disgrâce
1344/3

Isabelle est heureuse, jusqu'au
jour où elle découvre qu'elle est
laide. A cette disgrâce qui la
frappe, elle survivra, lucide,
dure, hostile, adulte soudain.

Jeanne
1879/3

Don Juan aujourd'hui pourrait-il
être une femme ? La belle
Jeanne a appris, d'homme en
homme, à jouir d'une existence
qu'elle sait toujours menacée.

L'été de la Saint-Valentin
2038/1
La première alliance
2168/3
Sur la peau du Diable
2707/4
Dans les jardins
de mon père
3000/2
Il y a longtemps
que je t'aime
3506/3

L'amour impossible entre
Antoine, 14 ans, et Pauline, sa
belle-mère.

BACH Richard
Jonathan Livingston
le goéland
1562/1 Illustré
Illusions/Le Messie
récalcitrant
2111/1
Un pont sur l'infini
2270/4
Un cadeau du ciel
3079/3

Grands romans

Grands romans

COLLARD Cyril

Cinéaste, musicien, il a adapté à l'écran et interprété lui-même son second roman Les nuits fauves.

Le film 4 fois primé, a été élu meilleur film de l'année aux Césars 1993. Quelques jours plus tôt Cyril Collard mourait du sida.

Les nuits fauves
2993/3

Condamné amour
3501/4

Cyril Collard : la passion
3590/4 (par J.-P. Guerand & M. Moriconi)

L'ange sauvage (Carnets)
3791/3 (Novembre 94)

CONROY Pat

Le Prince des marées
2641/5 & 2642/5

Dans une Amérique actuelle et méconnue, au cœur du Sud profond, un roman bouleversant, qui mêle humour et tragédie.

CORMAN Avery

Kramer contre Kramer
1044/3

Un divorce et des existences se brisent : celle du petit Billy et de son père, Ted Kramer. En plein désarroi, Ted tente de parer au plus pressé. Et puis un jour, Joanna réapparaît...

CATO Nancy

Sucre brun
3749/6

DENUZIERE Maurice

Helvétie
3534/9

A l'aube du XIX siècle, le pays de Vaud apparaît comme une oasis de paix au milieu d'une Europe secouée par de furieux soubresauts. C'est cette joie de vivre oubliée que découvre Blaise de Fonsalte, soldat de l'Empire, déjà las de l'épopée napoléonienne. De ses amours clandestines avec Charlotte, la femme de son hôte, va naître une petite fille aux yeux vairons. Premier volume d'une nouvelle et passionnante série romanesque par l'auteur de *Louisiane*.

La Trahison
des apparences
3674/1

DHÔTEL André

Le pays où l'on n'arrive jamais
61/2

DICKEY James

Délivrance
531/3

DIWO Jean

Au temps où la Joconde parlait
3443/7

1469. Les Médicis règnent sur Florence et Léonard de Vinci entame sa carrière, aux côtés de Machiavel, de Michel-Ange, de Botticelli, de Raphaël... Une pléiade de génies vont inventer la Renaissance.

DJIAN Philippe

Né en 1949, sa pudeur, son regard à la fois tendre et acerbe, et son style inimitable, ont fait de lui l'écrivain le plus lu de sa génération.

37°2 le matin
1951/4

Se fixer des buts dans la vie, c'est s'entortiller dans des chaînes... Oui, mais il y a Betty et pour elle, il irait décrocher la lune. C'est qu'ils commencent à souffrir. Car elle court derrière quelque chose qui n'existe pas. Et lui court derrière elle. Derrière un amour fou...

Bleu comme l'enfer
1971/4

Zone érogène
2062/4

Maudit manège
2167/5

50 contre 1
2363/2

Echine
2658/5

Crocodiles
2785/2

Cinq histoires qui racontent le blues des amours déçues ou ignorées. Mais c'est parce que l'amour dont ils rêvent se refuse à eux que les personnages de Djian se cuirassent d'indifférence ou de certitudes. Au fond d'eux-mêmes, ils sont comme les crocodiles : «des animaux sensibles sous leur peau dure.»

DOBYNS Stephen

Les deux morts de la Señora Puccini
3752/5 Inédit (Septembre 94)

Grands romans

DORIN FRANÇOISE

Elle poursuit avec un égal bonheur une double carrière. Ses pièces (La facture, L'intoxe...) dépassent le millier de représentations et ses romans sont autant de best-sellers.

Les lits à une place
1369/4

Pour avoir vu trop de couples déchirés, de mariages ratés (dont le sien !), Antoinette a décidé que seul le lit à une place est sûr. Et comme elle a aussi horreur de la solitude, elle a partagé sa maison avec les trois êtres qui lui sont le plus chers. Est-ce vraiment la bonne solution ?

Les miroirs truqués
1519/4
Les jupes-culottes
1893/4
Les corbeaux et les renardes
2748/5

Baron huppé mais facile à duper, Jean-François de Brissandre trouve astucieux de prendre la place de son chauffeur pour séduire sa dulcinée. Renarde avisée, Nadège lui tient le même langage. Et voilà notre corbeau pris au piège, lui qui croyait abuser une ingénue.

Nini Patte-en-l'air
3105/6
Au nom du père
et de la fille
3551/5

Un beau matin, Georges Vals aperçoit l'affiche d'un film érotique, sur laquelle s'étale le corps superbe et intégralement nu de sa fille. De quoi chambouler un honorable conseiller fiscal de soixante-trois ans ! Mais son entourage est loin de partager son indignation. Que ne ferait-on pas, à notre époque, pour être médiatisé ?

DUBOIS JEAN-PAUL

Les poissons me regardent
3340/3
Une année sous silence
3635/3

DUNKEL ELIZABETH

Toutes les femmes
aiment un poète russe
3463/7

DUROY LIONEL

Priez pour nous
3138/4

EDMONDS LUCINDA

En coulisse
3676/6 (Décembre 94)

ELLISON JAMES

La fille du calendrier
3804/3

FOSSET JEAN-PAUL

Chemins d'errance
3067/3
Saba
3270/3

FOUCHET LORRAINE

Jeanne, sans domicile fixe
2932/4
Taxi maraude
3173/4

FREEDMAN J.-F.

Par vent debout
3658/9

FRISON-ROCHE

Né à Paris en 1906, l'alpinisme et le journalisme le conduisent à une carrière d'écrivain. Aujourd'hui il partage son temps entre de grands reportages, les montagnes du Hoggar et Chamonix.

La peau de bison
715/3
La vallée sans hommes
775/3
Carnets sahariens
866/2

Premier de cordée
936/3

Le mont Blanc, ses aiguilles acérées, ses failles abruptes, son pur silence a toujours été la passion de Jean Servettaz. C'est aussi pour cela qu'il a décidé d'en écarter son fils. Mais lorsque la montagne vous tient, rien ne peut contrarier cette vocation.

La grande crevasse
951/3
Retour à la montagne
960/3
La piste oubliée
1054/3
La Montagne
aux Écritures
1064/2
Le rendez-vous
d'Essendilène
1078/3
Le rapt
1181/4
Djebel Amour
1225/4

En 1870, une jolie couturière, Aurélie Picard, épouse un prince de l'Islam. A la suite de Si Ahmed Tidjani, elle découvre, éblouie, la splendeur du Sahara. Décidée à conquérir son peuple, elle apprend l'arabe, porte le saroual et prend le nom de Lalla Yamina. Au pied du djebel Amour se dresse encore le palais de Kourdane où vécut cette pionnière.

La dernière migration
1243/4
Les montagnards de la
nuit
1442/4

Frison-Roche, qui a lui-même appartenu aux maquis savoyards, nous raconte le quotidien de ces combattants de l'ombre.

L'esclave de Dieu
2236/6
Le versant du soleil
3480/9

Grands romans

GEDGE PAULINE
La dame du Nil
2590/6
L'histoire d'Hatchepsout, qui
devint reine d'Egypte à quinze
ans. Les splendeurs de la civili-
sation pharaonique et un destin
hors série.

GEORGY GUY
La folle avoine
3391/4
Le petit soldat de
l'Empire
3696/4
L'oiseau sorcier
3805/4 (Décembre 94)

GOLDSMITH OLIVIA
La revanche
des premières épouses
3502/7

GOLON ANNE ET SERGE
Angélique
Marquise des Anges
2488/7

Lorsque son père, ruiné, la
marie contre son gré à un riche
seigneur toulousain, Angélique
se révolte. Défiguré et boiteux,
le comte de Peyrac jouit en
outre d'une inquiétante réputation de sorcier. Derrière cet
aspect repoussant, Angélique va
pourtant découvrir que son mari
est un être fascinant...

Le chemin de Versailles
2489/7
Angélique et le Roy
2490/7
Indomptable Angélique
2491/7
Angélique se révolte
2492/7
Angélique et son amour
2493/7
Angélique et le Nouveau
Monde
2494/7

La tentation d'Angélique
2495/7
Angélique et la Démone
2496/7
Le complot des ombres
2497/5
Angélique à Québec
2498/5 & 2499/5
La route de l'espoir
2500/7
La victoire d'Angélique
2501/7

TERROIR
**Romans et histoires
vraies d'une France
paysanne qui nous
redonne le goût
de nos racines.**

CLANCIER G.-E.
Le pain noir
651/3

GEORGY GUY
La folle avoine
3391/4
Orphelin, Guy-Noël vit chez sa
grand-mère, une vieille dame
qui connaît tout le folklore et
les légendes du pays sarladais.
Dans ce merveilleux Périgord,
où la forêt ressemble à une
cathédrale, l'enfant s'épanouit
comme la folle avoine.

JEURY MICHEL
Le vrai goût de la vie
2946/4
Le soir du vent fou
3394/5
Un soir de 1934, alors que souffle
le vent fou, un feu de brous-
sailles se propage rapidement et
détruit la maison du maire. La
toiture s'effondre sur un vieux
domestique. Lolo avait si mauvaise réputation que les gendarmes
ne cherchent pas plus loin...

LAUSSAC COLETTE
Le sorcier des truffes
3606/1

MASSE LUDOVIC
Les Grégoire
Histoire nostalgique et tendre
d'une famille, entre Conflent et
Vallespir, en Catalogne françai-
se, au début du siècle.

- Le livret de famille
3653/5
- Fumées de village
3787/5 (Novembre 94)

PONÇON JEAN-CLAUDE
Revenir à Malassise
3806/3 (Décembre 94)

SOUMY JEAN-GUY
Les moissons délaissées
3720/6 (Juillet 94)
Mars 1860. Un jeune Limousin
quitte son village natal pour
aller travailler à Paris, dans les
immenses chantiers ouverts par
Haussmann. Chaque année, la
pauvreté contraint les gens de
la Creuse à délaisser les moissons... Histoire d'une famille et
d'une région au siècle dernier.

VIGNER ALAIN
L'arcandier
3625/4

VIOLLIER YVES
Par un si long détour
3739/4 (Août 94)

Grands romans

GROULT Flora

Après des études à l'Ecole des arts décoratifs, elle devient journaliste et romancière. Elle écrit d'abord avec sa sœur Benoîte, puis seule.

Maxime ou la déchirure
518/1
Un seul ennui, les jours raccourcissent
897/2

A quarante ans, Lison épouse Claude, diplomate à Helsinki. Elle va découvrir la Finlande et les trois enfants de son mari. Jusqu'au jour où elle se demande si elle n'a pas commis une erreur.

Ni tout à fait la même, ni tout à fait une autre
1174/3
Une vie n'est pas assez
1450/3
Mémoires de moi
1567/3
Le passé infini
1801/2
Le temps s'en va, madame...
2311/2
Belle ombre
2898/4
Le coup de la reine d'Espagne
3569/1

HARVEY Kathryn

Butterfly
3252/7 Inédit

HEBRARD Frédérique

Auteur de nombreux livres portés avec succès à l'écran; son œuvre reçoit la consécration avec Le Harem, Grand Prix du Roman de l'Académie française 1987.

Un mari, c'est un mari
823/2

Chaque année la famille Marten se retrouve à Foncoude, une grande maison un peu délabrée mais pleine de charme, entourée de platanes et de vignes. Viennent aussi les cousins, les amis... Et Ludovique passe l'été à astiquer et à cuisiner. Jusqu'au jour où elle décide de faire une fugue.

La vie reprendra au printemps
1131/3
La chambre de Goethe
1398/3
Un visage
1505/2
La Citoyenne
2003/3
Le mois de septembre
2395/1
Le Harem
2456/3
La petite fille modèle
2602/3
La demoiselle d'Avignon
avec Louis Velle
2620/4

C'est une princesse, perdue au cœur de Paris, incognito, sans argent, à la recherche de l'homme qu'elle aime. Lui, c'est un diplomate. Il croit aimer une étudiante et ignore qu'elle porte une couronne. Une histoire d'amour pleine de charme, de rebondissements et de quiproquos.

Le mari de l'Ambassadeur
3099/5

Sixtine est ambassadeur. Pierre-Baptiste est chercheur à l'Institut Pasteur. Ils n'auraient jamais dû se rencontrer. L'aventure les réunit pourtant, au beau milieu d'une révolution en Amérique centrale. Et l'amour va les entraîner jusqu'au Kazakhstan, en passant par Beyrouth et le Vatican !

Félix, fils de Pauline
3531/2
Le Château des Oliviers
3677/7

Entre Rhône et Ventoux, au milieu des vignes, se dresse le Château d'Estelle, son paradis. Lorsqu'elle décide de le ramener à la vie, elle ne sait pas encore que son domaine est condamné. Aidée par l'amour des siens et surtout celui d'un homme, Estelle se battra jusqu'au bout pour préserver son univers.

HOFFMAN Alice

L'enfant du hasard
3465/4
La maison de Nora Silk
3611/5

HUBERT Jean-Loup

Le grand chemin
3425/3

HUMPHREYS Josephine

L'amour en trop
3788/5

JAGGER Brenda

Les chemins de Maison Haute
2818/9

A 17 ans, Virginia hérite de la fortune des Barthforth. Mais dans cette Angleterre victorienne, une femme peut-elle choisir son destin ? Contrainte d'épouser un homme qu'elle n'aime pas, Virginia se révolte.

La chambre bleue
2838/8

JEAN Raymond

La lectrice
2510/1

JEKEL Pamela

Bayou
3554/9

En 1786, les Doucet s'installent au bayou Lafourche, en Louisiane. Quatre femmes exceptionnelles vont traverser, en un siècle et demi, l'histoire de cette famille.

JULIET Charles

L'année de l'éveil
2866/3

KANE Carol

Une diva
3697/6

R.I.D. Composition 91400-Gometz-la-Ville
Achevé d'imprimer en Europe (France)
par Brodard et Taupin à La Flèche (Sarthe)
le 18 juillet 1994. **6628 J-5**
Dépôt légal juillet 1994. ISBN 2-277-23235-1

Éditions J'ai lu
27, rue Cassette, 75006 Paris
Diffusion France et étranger : Flammarion